내 언니는
청각장애인
입니다

권
재
숙 에세이

내 언니는
청각장애인
입니다

> "
> 장애인차별, 장애인식의
> 변화에 대한 희망서
> "

세상의 모든 장애인과 소수자가
행복한 사회가 되기를 바라는 지침서

바른북스

언제부턴가 막연하게 책을 내고 싶다고 생각을 했다. 글 쓰는 사람이 되고 싶던 나는 첫 번째 책으로 어떤 글을 쓸까 고민하다가 역시 내 이야기를 쓰는 것이 좋겠다고 생각을 했다. 하지만 쉽게 용기가 나지 않았다. 아픈 기억을 되살리는 일도 어렵고, 상처를 세상 밖으로 드러내는 것도 큰 용기가 필요했다. 하지만 책을 쓰는 중에 오히려 마음의 상처가 치유되고 있는 것을 느꼈다. 글을 통해 청각장애인 언니에게 그동안의 미안함을 말할 수 있어서 다행이라는 생각도 들었다. 내 글은 대단한 내용이 아니다. 청각장애인 딸을 키운 엄마와 청각장애인 언니를 가까이서 지켜본 우리 형제들의 이야기와 장애인을 돕는 일을 천직으로 여기며 열심히 살아가는 내 이야기를 썼다.

청각장애가 있는 언니와 우리 가족이 겪은 이야기를 통해 한국에서 장애인 당사자와 그 가족들의 삶이 얼마나 힘든가에 대해 말하고 싶다. 장애인 당사자로 살면서 겪었던 힘든 일들을 세상에 말하지 못하는 언니를 대신해서 이 글을 쓴다. 지금, 이 순간까지도 계속되는 그들의 애로사항을 세상에 알리고 싶다. 청각장애인 언니가 부끄러웠던 동생인 내가 장애인을 돕는 사람이 되려고 노력했던 일과 사회에서 여전히 진행 중인 차별, 비장애인이 장애인에 대하여 갖는 잘못된 인식을 바라보며 느낀 점들을 이야기할 것이다.

가족 중에 장애인이 있다는 것만으로 차별받았던 일, 생각하면 할수록 억울했던 순간들, 힘들었던 기억들이 떠올라 글을 쓰는 내내 눈물이 나고 화가 나겠지만, 끝까지 쓸 것이다. 어렵게 완성될 이 글은 언니를 부끄러워했다는 사실을 고백하는 글이자 용서를 구하는 글이 될 것이다.

장애인이라 차별받고 배려 받지 못한 일들을 가감 없이 알려서 장애에 대한 인식의 변화가 이루어지길 바란다. 이 세상의 모든 장애인과 소수자가 행복한 사회가 되기를 바라는 마음으로 쓴다.

부디 많은 사람이 읽어주길 바란다.

🛩 차례

프롤로그

1부

언니는
청각장애인입니다

"아저씨 핫도그 2개 주세요."

"설탕 묻혀줄까? 케첩 뿌려줄까?"

나는 언니에게 입 모양을 최대한 크게 하고 손짓으로 설탕과 케첩을 가리키며 물어봤다. 핫도그를 파는 아저씨와 그 옆에 서 있던 꼬맹이 뒤에 줄 서 있던 아이가 동시에 우리를 쳐다봤다.

"엄마 저 누나 안 들리나 봐."

"쯧쯧쯧 예쁘게 생겼는데 안 됐어."

"귀머거리인가 봐." 하는 소리가 들린다.

우리는 죄지은 사람처럼 도망치듯 그곳을 빠져나왔다. 우리 손에는 케첩이 줄줄 흐르는 핫도그가 들려 있었다. 따뜻한 핫도그를 먹으려던 계획은 엉망이 됐다. 짜증이 났다.

학교 앞에는 맛있다고 소문난 떡볶이집이 있었다. 그곳은 접시에 담아 먹는 떡볶이가 아니라 선 채로 떡을 하나씩 찍어 먹는 소박한 떡볶이집이었다.

언니와 나는 100원치 떡볶이를 먹기로 약속했다. 하지만 약속한 것보다 훨씬 오랫동안 그 떡볶이집을 가지 못했다. 왜냐하면 아이들이 몰려오는 하교 시간을 피해야 하기 때문이었다.

그날은 오랜 시간 떡볶이집 주위를 살펴보았다. 드디어 아무도 없다는 것을 확인하고 그토록 먹고 싶던 떡볶이를 언니와 함께 먹었다. 어린 마음에 떡볶이의 맛을 천천히 음미했을 것이다.

멀리서 시끌벅적한 소리가 들리기 시작했다. 방과 후 활동을 하던 아이들이 나오는 게 보였는데 떡볶이집으로 들어올까 봐 불안했다. 떡볶이값을 계산하고 급하게 나가려는데 듣기 싫은 말이 들렸다.

"쟤 벙어리인가봐"

사람들은 언니를 귀머거리, 벙어리라고 불렀다. 하지만 그

단어를 듣는 사람은 언니가 아니라 나다.

나는 점점 그 소리가 듣기 싫고 내가 죄인이 된 것 같아서 점점 더 언니와 외출하기 꺼려졌다.

어린 마음에도 내 마음의 변화를 엄마에게 말하지 못했다. 그러면서 자연스럽게 우린 각자가 되었다.

내가 언니와 함께 다니는 것을 부끄럽게 여기고 싫다는 표현을 하지 않았지만, 언니는 아마도 느꼈을 것이다.

언니와의 외출을 백이면 백 피할 수 있는 것은 아니었다. 사업으로 바쁜 엄마의 심부름으로 시장을 갔던 날 우리는 나란히 통닭집 앞에 멈춰 서 있었다. 그때였다. 어김없이 듣고 싶지 않은 소리가 들렸다.

"쯧쯧쯧 예쁘게 생겼는데 안됐어."

"벙어리인가 봐."

"귀머거리인가 봐."

한동안 언니와 외출하지 않아서 듣지 않았던 말을 또 듣게 되어서인지 그날따라 더 짜증이 났다.

언니의 손을 잡고 자리를 피했지만, 그때의 내 몸짓은 꽤 거칠었을 것이다. 갑작스런 내 행동에 언니도 당황했을 것이다.

동생이 나 때문에 또 무슨 소리를 들었나 보다. 하는 생각을 했는지 언니는 나에게 아무런 질문을 하지 않고 나를 따라 시장을 빠져나왔다.

사람들은 어른, 아이 할 것 없이 그냥 지나치지 않고 언니와 나를 훑어보며 측은한 눈으로 '귀머거리, 벙어리'라는 말을 한다. 누구에게 들으라고 하는 소리인지 잘 모르겠다. 나는 언니 옆에 있으면 언제나 원치 않는 주목을 받게 된다. 철없던 나는 언니와 같은 시선을 받는 것이 싫어서 "나는 청각장애인이 아닙니다. 나는 들을 줄 알아요."라고 외치고 싶었다. 하지만 그런 상황이 되면 들린다는 것을 주위에 알리기 위해 더 큰 소리로 말했다. 점점 언니가 부끄러워졌다.

내 언니는 왜 들을 수도 말할 수도 없는 건가?

다른 언니들처럼 말할 수 있으면 얼마나 좋을까?

자신을 부끄러운 존재, 같이 외출하고 싶지 않은 존재로 여기는 것을 알고 있었는지 언니는 언제부턴가? 동생에게 최대한 피해를 주지 않으려고 했다.

엄마의 교육방식이 먹혔을 것이다. 들을 수 없었지만, 우리를 불쌍하게 보는 시선과 말을 모두 알아차렸다.

비장애인과 어울려 살아가기 위해서 엄마가 선택한 교육방침은 최대한 말을 많이 하고 입 모양을 보고도 무슨 말을 하는지 아는 연습을 많이 시키는 것이었다. 그 당시의 보통 사람들은 청각장애인에 대한 지식과 경험이 없고 청각장애인 딸이 세상에서 살아가는 데 조금이나마 도움이 되려면 눈치가 빨라야 한다고 생각했던 것 같다. 엄마의 계획대로 언니는 눈치가 빠르고 정확하지는 않지만, 사람들의 입 모양을 보면 무슨 말을 하는지 알아맞혔다.

나는 지금도 핫도그를 사 먹지 못한다. 언니를 부끄러워했던 죄책감 때문이다.

핫도그를 볼 때마다 남들의 눈을 피해 다니던 외출, 그때마다 부끄러워했던 나, 남들의 눈을 의식하지 않고 소꿉놀이도 하고 예쁜 수첩, 연필 구경도 해야 했는데 언니와 함께한 기억이 거의 없다. 그때부터 언니에게 미안한 마음을 지금까지 키웠던 것 같다. 나는 앞으로도 핫도그를 쉽게 사 먹지는 못할 것이다.

그 시절로 돌아간다면 언니를 부끄러워했던 나에게 미안해하지 말라고 말해주고 싶다.

나는 아직 아이였고 세상은 장애인들에게 지금보다 더 혹독했을 뿐이다. 지금은 언니를 절대 부끄러워하지 않는 동생이라고 말해주고 싶다. 하지만 지금도 용기가 없어서 언니에게 솔직히 말한 적 없다.

운이 좋게 이 글이 책으로 나온다면 언니가 꼭 봐줬으면 한다.

미안해 언니

사람들 앞에서 언니를 부끄러워했던 거 용서해줘

핫도그 가게에서 손을 잡고 급하게 나왔던 일, 떡볶이

를 다 먹지 못하고 도망치듯 나왔던 일, 통닭집에서 거

칠게 언니의 손을 잡았던 일 모두 용서해줘

동네 친구들과 함께 공기놀이할 때 언니를 데리고 가

지 않았던 일, 친구들과 노는 모습을 보지 못하도록 최

대한 먼 곳으로 가서 놀았던 일, 언니 몰래 동네 아지

트에 모여 놀 때도 한 번도 데려가지 않았던 일, 모두

미안해

언니는 어쩌면 아지트를 알고 있었는지도 모르지 다만

동생이 곤란해지는 것이 싫어서 모른 척해줬을 거야.

나는 아지트 근처를 서성거리는 언니의 모습을 상상

하는데 그때마다 죄지은 기분이 들어

생각해보면 언니는 항상 어른스러웠고 나에게는 화도

안 내고 곤란하게 한 적도 없었어. 모든 사람의 눈치를

봐서 그런지 아니면 자신의 약점을 알고 터득한 것인

지 언니는 참 어른스러웠던 것 같아.

우린 겨우 세 살 차이였고 언니도 아직 어린아이였는

데 나라면 아마 서운해서 펑펑 울거나 화를 냈을 거야

내가 언니에게 가장 미안했던 건 그런 언니를 당연하

게 생각했던 것, 언니 때문에 부끄럽고 불편한 것이 많

으니까 나에게는 당연히 언니가 잘해줘야 한다고 생

각했다는 거야

언니 미안해

헬렌 켈러를 읽고 독후감을 썼다.

헬렌 켈러는 듣지 못하는 언니가 있는 나에게 운명처럼 다가온 인물이 되었다. 책을 읽고 가장 먼저 든 생각은 '언니는 듣지만 못하지 볼 수 있어서 천만다행이다'였다. 언니가 볼 수 있다는 사실에 감사하면서 헬렌 켈러에 대한 독후감을 썼다. 청각장애인 언니가 있는 내가 쓴 헬렌 켈러 이야기는 선생님을 감동하게 하기에 충분했었던 것 같다. 갑자기 발표 시간이 주어졌다. 친구들이 언니가 청각장애인이라는 것을 아는 것이 싫고 알리고 싶지 않았기에 쓴 대로 읽을 수가 없어서 그 자리에서 즉흥적으로 각색을 했다. 눈앞이 캄캄했고 손에서 땀이 났고 결국 발표는 엉망진창이 되었다.

언니는 헬렌 켈러처럼 재주가 많았다. 미술대회를 나가면 1
등을 도맡았고 운동도 잘해서 전국장애인체육대회에서 1등도
했다. 그뿐만이 아니라 손재주도 좋아서 수를 놓으면 당장 사
고 싶다는 사람이 생겼다. 중학생이면서 청소, 빨래, 요리까지
못 하는 것이 없는 야무진 아이였다. 그래서일까 언니를 아는
모든 사람은 언니를 보면서 자꾸 아깝다고 했다.

불구(장애인이라고 명명하기 전에는 장애자, 불구자라고 부르는 사람들
이 많았으며 그렇게 불려졌다)만 아니면 훌륭한 사람이 될 것 같은
데 하고 안타까워했다.

당시에는 장애인이 대학에 진학하는 일은 거의 없었다. 나
도 언니가 청각장애만 없었으면 누구보다 훌륭한 사람이 되었
을 것으로 생각했다. 언니는 나에게는 헬렌 켈러보다 능력 있
는 사람으로 보였다.

그런데도 나는 여전히 언니를 부끄러워했다.

언니가 청각장애인이라는 사실은 초등학교를 졸업할 때까
지 친구들에게는 비밀이었다. 그 비밀이 끝까지 지켜질 수 있

었던 건 언니가 기차를 타고 가야만 하는 학교에 다녔기 때문이다.

언니는 왕복 4시간 거리의 학교에 다녔기 때문에 내 친구들과 마주칠 일이 거의 없었다. 다행히도 나는 언니가 청각장애가 있다는 사실을 말하지 않아도 됐다.

친구들은 자연스럽게 자신의 언니 오빠와 등교하지만 나는 그럴 일이 없었다. 친구, 형제와 관련된 이야기를 하게 되면 재빨리 주제를 돌리기 바빴다. 언니가 청각장애인이라는 비밀은 놀랍게도 현재까지 지켜지고 있다.

나는 언니를 부끄러워하는 동생이었지만 언니는 한결같이 좋은 언니였다.

나는 언니와 싸운 적이 없어서 언니와 몸싸움하며 싸웠다는 친구들의 이야기를 들으면 어떻게 그럴 수가 있는지 이해가 안 됐다. 엄마가 늦게 오실 때는 맛있는 음식도 해주고 나 대신 방청소, 설거지도 해줬다. 어쩌다 미안한 마음이 들어서 집안일을 도우려고 하면 언니는 숙제나 하라고 했다. 그때도 언니는 동생을 잘 챙겨주는 고마운 사람이었고 나는 고마운 마음과는 별개로 언니를 꼭꼭 숨겼다.

헬렌 켈러 옆에 설리번 선생님이 있었듯이 언니 옆에는 엄마가 계셨다.

장애인이라는 이유만으로 무시와 차별을 받는다는 것을 알고 있던 엄마는 사람들이 언니를 무시하지 못하게 하는 일을 열심히 하셨다. 편식이 심해서 체력이 약했던 언니에게 꾸준히 운동시켰다. 그런 극성스러운 엄마 덕분에 언니는 전국장애인학생수영대회에서 1등 할 체력을 갖게 되었다. 밥을 먹지 않으려 했던 언니를 따라다니면서 한 숟가락이라도 더 먹이려고 했던 엄마의 노력 덕분이었다.

언니가 사람들에게 무시당하지 않게 하려는 엄마의 노력은 엉뚱한 곳에서도 나타났다. 당시에는 명품수준이었던 나이키, 아디다스 제품을 입고 신게 했다. 유명 메이커를 입고 신으면 청각장애가 있어도 무시당하지 않을 거라고 생각하셨던 것 같다. 엄마는 설리번 선생님처럼 지치지 않고 희생을 하셨다. 8시간 기차를 타고 서울까지 가서 옷과 신발을 사 오셨다. 언니에 대한 엄마의 관심과 열정을 말하자면 밤을 새워야 할 정도다. 새벽부터 저녁 늦게까지 일을 하시느라 끼니도 제대로 못 챙겨 드시는 경우가 많았지만, 언니와 관련된 일이라면 무슨 수를 쓰더라도 꼭 참석했다.

그런 엄마를 따라 언니가 다니는 학교에 갔었다.

전교생이 모두 청각장애인이라는 사실에 놀랐다. 수화로 대화하는 모습이 신기했고 그곳에서는 오히려 내가 이방인처럼 느껴졌다. 나를 알아보는 친구들이 없었기에 마음이 편안했다.

처음으로 언니가 친구들에게 동생을 소개해주었던 날이었다. 언니에게 하듯이 입 모양을 크게 말을 하며 손짓, 몸짓하면서 언니 친구와 간단한 대화를 이어갔지만, 여느 때와는 달리 다른 사람들의 시선을 의식하지 않았다.

죄인

"내가 죄를 많이 지었나 보다. 전생에 무슨 죄를 많이 지어서."

엄마를 생각하면 자동으로 떠오르는 문장이다.

죄로 시작되어서 죄로 마무리되는 엄마의 한풀이다. 엄마는 언니에게 당신이 해줄 수 있는 것은 모두 해주는 것으로 그 죄를 씻는다고 생각하셨던 것 같다.

엄마의 죄인 코스프레는 언니의 학교에서 가장 강력해졌다. 엄마는 학교에만 가면 허리를 펴지 못하고 굽실굽실하셨다.

"잘 부탁드립니다. 선생님." 뭔가를 크게 잘못한 사람처럼 행동하셨지만 나는 언니 학교만 가면 나를 알아보는 사람이 없고 손짓으로 대화를 해도 남들의 시선을 의식하지 않아서 오히려 편안했다.

학교는 엄마에게 죄를 인정하는 곳이었지만 나는 편안하고 자연스러운 공간이었다.

"내가 언니를 가졌을 때 무리해서 그런 것 같다. 임신한 줄도 모르고 임신 초기에 독한 감기약을 먹어서 그런 것 같다. 임신했을 때 아빠와 심하게 싸운 적이 있는데 그것 때문인 것 같다"라고 하시는 등 의학적으로 밝혀지지 않은 여러 이유를 말하면서 언니의 청각장애가 오로지 당신의 잘못이라고 생각하셨다.

언니의 학교에 가면 엄마와 똑같은 말을 하는 또 다른 엄마를 만난다. "내가 죄인이라고."

죄인이라면 나쁜 짓을 한 사람인데 어린 내가 보기엔 그분들은 나쁜 짓을 하지 않았다.

하지만 그곳에 모인 사람들은 자신을 스스로 죄인으로 여겼다.

1980년 그때는 장애인이 세상에 나와 다른 사람을 불편하게 하면 안 되니깐 집에만 있어야 한다는 의식이 있었다. 헬렌 켈러보다 더 똑똑한 우리 언니, 아무런 대가도 바라지 않고 지지와 응원 그리고 도움을 주었던 설리번 선생님 같은 엄마였지만 언니는 헬렌 켈러도 되지 못했고 설리번 선생님처럼 존경받지 못했다.

왜냐하면 엄마는 엄마 말대로 죄인이기 때문이고 우리 가족은 전생에 죄를 많이 지은 집안이기 때문이다.

언니가 헬렌 켈러처럼 대학 교육을 받고 엄마가 설리번 선생님처럼 존경받으려면 비행기를 타고 미국으로 가야 하는 걸까?

내가 사는 '군'단위 시골에는 특수학교가 없었다. 최소 '시' 단위 이상은 되어야 특수학교가 있었다. 언니는 초등학생임에도 불구하고 학교에 가기 위해 이른 새벽에 일어나 기차를 탔다. 집에 오면 녹초가 되고 대화하는 시간이 점점 없었다. 주말이면 청각장애인 교회에 가기 위해 기차를 탔고 자매끼리 놀거나 얘기하는 시간이 많이 줄었다.

기차를 타고 2시간 정도 가야 하는 학교를 보내기 위해 엄마는 새벽 5시에 일어나서 덜거럭덜거럭 곤로를 피우고 아침을 준비하느라 부산스러웠다. 안방 옆에 딸린 부엌에서 엄마가 아침을 준비하는 소리, 언니가 세수하고 학교 갈 준비를 하는 소리에 잠이 깼었다. 엄마와 언니가 이른 새벽에 일어나서 준비하느라 얼마나 힘이 들까 하는 생각보다는 이른 새벽에 나의 단잠을 깨우는 것이 짜증 나서 이불을 머리끝까지 당겨서 다시 잠을 청했었다. 특히 겨울의 새벽 5시는 깜깜할 때라 더욱 이불을 푹 덮었다. 언니와 엄마에게 한 번도 대놓고 짜증을 낸 적은 없었지만, 이불을 머리끝까지 당기고 자는 나의 모습을 보았으니 알고 있었을 것이다. 그렇게 우리는 서로에게 어떤 표현도 하지 않았다. 서로가 힘들다는 것을 알았기 때문이다.

언니는 5시 30분이면 집에서 나갔고 나는 8시까지 다시 잠을 잤다. 지금 생각해도 초등학생인 언니가 날이 어둑한 추운 겨울날에도 결석하지 않고 새벽 기차를 타고 통학을 했다는 건 대단한 일이다. 아파도 학교에 갔다가 선생님께 말씀을 드리고 조퇴를 해야만 하던 시절이었다. 엄마는 언니가 장애가 있기 때문에 더욱더 강하고 성실하게 그리고 다른 사람들에게 장애 때문에 못 한다는 말을 듣고 싶지 않으셨는지 비가 많이 내리는 장마철과 추운 겨울날에도 언니를 기차에 태웠다. 따라주는 언니도 뒷바라지해주는 엄마도 대단하다.

언니는 초, 중 6 ~~년~~ ~~년은~~ ~~년~~ ~~년~~ 년을 엄마
와 함께 새벽에 일어나 학교에 갔다. 요즘은 장애인 학생이 사
는 인근 학교에 특수학급이 없어 교육청에 요청하면 단 1명의
장애 학생이 입학하더라도 바로 특수학급이 형성되며 입학이
가능하다. 세상이 많이 바뀌었다.

엄마와 언니는 차별인지도 모르면서 6년의 세월을 보냈다.
우리 사회는 언니와 같은 장애인을 위한 배려를 해줄 만큼 여
유가 없었고 장애인식도 거의 없었을 때라 장애가 있는 당사
자와 부모가 그 몫을 감당해야 한다고 생각했다. 왜 자꾸만 엄
마는 당신이 죄인이라고 하고 우리 가족은 왜 죄인처럼 이렇
게 살아야 하는지 장애를 가진 것이 왜 잘못된 것인지 묻고
싶었지만 물을 만한 대상도 없었다. 나도 엄마처럼 죄인이 되
어 살았다.

외출할 때면 어릴 적 아픈 기억을 잊으려고 하지만 나이가
지긋이 드신 어르신께서는 "쯧쯧쯧 멀쩡하게 생겼는데 부모가
누군지 안됐어"라고 하며 언니와 내가 사라질 때까지 눈을 못
떼신다. 우리 자매를 알지도 못하면서 지나친 관심을 주신다.

장애가 있는 자녀의 부모는 전생에 죄를 지은 죄인이라 이른 새벽에 어린 자녀를 기차를 태워 학교를 보내는 아픔과 불편을 감수해야만 했다. 부모의 사업이 망해서 단칸방에서 6식구가 모두 지내는 것도 장애인이 있는 가족이라 전생의 죄를 갚느라 불행을 겪어야 한다고 했다. 장애를 숨겨야 하는 세상에 살았으므로 언니를 세상에 알리지 않고 부끄러운 존재로 여긴 건 시절의 흐름에 맞는 행동이었을지도 모르겠다. 그렇게 생각하는 내 죄가 조금이나마 씻겨질지 모르겠다.

　　서울 사람들은 서울, 인천, 경기를 제외하면 모두 시골이라고 한다. 내가 태어난 곳은 경상북도지만 자란 곳은 경상남도 ○○군이다. 당시에는 행정구역상 '군'에는 장애 학급이 한 곳도 없었다. 언니는 11살의 어린 나이부터 긴 거리의 통학을 6년이나 하였다. 사회는 언니와 엄마의 애로사항과 힘듦을 한번도 바라봐주지 않았다. 장애인 가족이 있다는 것은 개인의 몫이니 개인이 해결해야 하는 과제였으며 우리 가족은 우리가 풀어가야 하는 숙제인 줄 알고 지냈다. 지금 생각해보면 안타깝고 모두가 힘든 시간을 보낸 것이 다소 억울한 생각이 든다.

결혼과 동시에 작은 사업을 하셨던 엄마는 여러 방면에서 많은 사람을 만났고 사회 경험도 많으셨다. 고집도 있고 내면이 강한 분이다. 사업 관련으로 시청, 세무서, 법원 등 각종 관공서를 자주 이용하셨고 불편한 사항이 있거나 요구사항이 있으면 어떻게 제안해야 하는지도 알고 계셨다. 부당한 대우를 받을 때는 큰소리로 불만을 표현하시고 당신이 원하는 결과도 얻어내시는 분이었다. 하지만 우리가 사는 지역에 특수학교가 없다는 점에 대해서는 교육청에 물어볼 생각을 안 하셨다. 왜 이 지역에 특수학교가 없는지 절대 건의할 생각조차 하지 않으셨다. 왜냐하면 청각장애인 자식을 가진 죄인이었기 때문이다. 엄마가 힘들게 보냈던 시간, 가족들이 함께 고통을 분담했던 시간에 대한 배려와 관심이 없었다.

우리 사회의 장애인에 대한 인식은 거기까지였다.

언니와 엄마는 잔인한 6년의 세월을 보내면서 점점 지쳐갔고 고등학교 때부터는 기숙사가 있는 특수학교로 진학했다. 16살밖에 되지 않은 어린 자녀를 가족들과 떨어져 기숙사로 보내야 하는 결정, 청각장애가 있는 여자아이를 객지로 보내야 하는 엄마의 불안함은 언니가 1주일에 한 번씩만 집으로 오는 고생만 하면 되는 시간과 맞바꾸었다. 장맛비가 억수같이 내리는 여름에도, 눈이 펑펑 내리고 길이 얼어붙은 추운 겨울날 새벽 5시에 일어나서 잠자리에 들어있는 가족들의 단잠을 깨우지 않아도 되었다. 다행이라고 해야 하는지, 감사해야 할 일인지 6년의 언니의 잔인한 통학길은 끝이 났다. 6년 동안 어린 초등학생이 감당해야 했던 무게는 엄청나게 무거웠다. 누구에게 보상을 바랄 수 있을까? 교육청, 지역, 사회, 국가 아니라 장애인 자식을 둔 죄인인 엄마가 책임이었고 가족이 전부 감당해야 하는 것이다. 우리 가족은 죄인이기 때문이다.

언니는 고졸이다. 대학은 가려고 노력했지만, 청각장애로는 강의를 들을 수 없어서 어쩔 수 없이 진학을 포기했다.

그때는 대학에 청각장애인을 위한 수화통역 서비스가 없던 시절이다. 다른 형제들이 누릴 수 있는 대학 입학을 언니만 할 수 없었다. 4남매 모두를 대학 졸업자를 만들려던 엄마의 계획은 그렇게 무산되었다.

'점점 사회가 좋아지겠지, 청각장애인도 대학에 입학할 수 있는 길이 열릴 거야.' 하는 막연한 기대를 한 것은 언니를 제외한 나머지 가족들이었다.

언니는 오히려 대학 진학을 포기한 사람처럼 보였다. 엄마는 지금까지도 미련을 갖고 계신다. 무슨 수를 쓰더라도 대학에 보내야 했다고 30년이 지난 지금까지도 미련을 못 버린다. 4남매 중 가장 똑똑하고 야무진 언니가 고졸의 학력으로 살아가는 것이 늘 마음에 걸리는 것 같다.

무언가를 하고 싶어도 할 수 없다는 것을 알고 일찌감치 포기하는 마음은 어떤 것일까? 몇 년 전 언니에게 "대학에 못 가서 속상하지?" 하고 물었을 때 언니는 "나는 원래 공부하는 거 싫었어"라고 대답했다. 하지만 언니는 아무리 공부해도 대학에 갈 수 없으니 일찍 포기하는 것이 현명한 선택이라고 생각했을 것이다.

진학을 포기하던 언니를 안타까워하던 엄마는 운동을 시키고 비싼 미술용품을 사주거나 여행을 보내는 등 언니에게 쓰지 못한 학비를 다른 곳에 쓰도록 지원해주셨다.

어쨌거나 등록금과 바꿔서 했던 여러 경험이 지금 언니가 살아가는 데 많은 힘이 되어 주는 것 같다.

지금은 대학을 나온 나보다 진학을 포기한 언니가 훨씬 행복하게 살아가는 것처럼 보인다. 하지만 이것은 나의 착각일 수 있다.

우리 가족은 언니에게 마음을 완전히 열어놓고 얘기하지 못한다. 혹시나 우리의 말이 언니의 마음을 아프게 하지는 않는지 노심초사한다. 사회에서 많은 차별을 받았던 언니이기 때문에 더욱 조심하고 언니가 요구하는 것은 웬만하면 들어 주려고 한다. 그래서인지 고집이 세고 자신이 하고 싶은 대로 하는 편이지만 그래도 우리 가족들은 눈감아 준다. 언니보다 더 많은 혜택을 받고 자란 것이 미안해서 언니가 하고 싶은 대로 내버려 두는 것이다. 그것만이 우리가 언니에게 해줄 수 있는 배려라고 생각하기 때문이다.

엄마는 요즘에 "내가 죄인이다"라는 말 외에 자주 하는 말이 생겼다. "내가 쟤를 잘못 키운 것 같다"라고 말씀하신다. 불쌍하다고 다 받아주며 키웠더니 고집이 세고 이기적이며 남을 배려할 줄 모른다고 하셨다. "우리가 어떻게 언니를 이해할 수 있겠냐, 아픔은 당사자만이 아는 거고 우리는 그 아픔의 깊이를 모르고 그저 옆에서 지켜보는 사람일 뿐이라고 차별의 장벽이 얼마나 높은지 우리는 짐작할 뿐"이라고 말한다. 엄마는 조용히 그 말을 듣고 계실 뿐이다.

호돌이 vs 곰두리

1988년 9월 17일 아
무도 없는 넓은 운동장
에 적막이 흐르고 어린
아이가 굴렁쇠를 굴리
며 나온다.

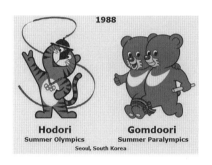

그 장면을 보기 위
해 TV 앞에 옹기종기 모였다. 우리나라에서 올림픽을 개최한
다는 것, 이제 선진국에 들어서고 있다는 자부심에 모두 도취
해 있었다. 그 자부심은 경남의 작은 시골 마을도 마찬가지였
다. 세상은 온통 올림픽 뉴스로 가득했다. 선생님들은 우리들

이 잘못을 할 때마다 올림픽을 개최하는 나라에서 이렇게 하면 되겠니? 하는 말씀을 자주 하셨다. 성대한 올림픽이 끝나고 사람들이 올림픽을 잊어가고 있을 때 장애인올림픽이 시작되었다. 장애인올림픽이 시작되었다는 사실을 아는 사람은 거의 없었다.

올림픽 동안 경쟁하듯 방송해주던 것과는 달리 장애인올림픽을 9시 뉴스 시간에 잠깐 보여주거나 사람들이 TV를 시청하지 않는 시간에 방송했다. 그래서인지 장애인올림픽이 개최되었는지 모르는 사람들이 많았다.

청각장애가 있는 언니는 당연히 TV를 보지 않는다. 한글 자막 처리도 없었고 수화통역사도 없던 시절이었기에 TV를 보는 것이 재미있을 리가 없었다. '들장미 소녀 캔디'에 나오는 멋진 테리우스, 은하계를 날던 '은하철도 999' 철희, 한시도 눈을 뗄 수 없었던 '톰과 제리', 잠을 참아가며 매주 기다리던 '주말의 명화'도 보지 않았다. 만화는 입 모양이 정확하지 않았으며 외국영화는 입 모양이 한국어가 아니었기 때문이다.

그렇게 TV를 보지 않던 언니는 올림픽경기 때보다도 장애인올림픽 경기에 더 관심을 가지며 시청했기 때문에 나도 덩

달아 장애인올림픽 경기가 있다는 것을 알게 되었다.

지금도 4년마다 장애인올림픽이 개최되는 것을 모르는 분이 있을지도 모른다.

88올림픽을 개최한 이후로 우리 사회는 조금씩 변화하기 시작했다. 건널목 신호등에서 초록 불에 길 건너기, 휴지 길거리에 버리지 않기, 길바닥에 침이나 가래 뱉지 않기(1980년대 아저씨들은 가래와 침을 길거리에 많이 뱉었다) 등 사소하지만 시민의식이 보이는 작은 실천을 하기 시작하였던 것으로 기억한다.

88올림픽 마스코트의 이름은 호돌이였고 장애인올림픽(현재 패럴림픽)의 마스코트는 곰두리다. 곰두리는 호돌이만큼 귀여운 캐릭터다. 그 이후 곰두리 이름을 따서 곰두리체육센터, 곰두리 봉사활동, 곰두리 재단 등 곰두리라는 이름의 많은 기관이 설립되었고 장애인에 대한 인식이 점점 사회로 퍼져 나가는 결정적인 계기가 되었다.

TV에서는 지체 장애가 있는 아들과 함께 살아가는 가족의 모습이 나오고 있었다. 우리 가족은 장애인이 나오는 프로그램을 보면 그냥 지나칠 수 없었다. 장애인이 나오는 장면은 배경음악도 슬프고 인터뷰하는 사람도 아나운서도 안타까운 얼굴을 하고 있다. 저런 저런 불쌍해서 어떡하냐 하는 느낌이었다. 장애인은 공중파 방송에서 항상 불쌍한 존재다. 장애인과 함께 사는 가족들 특히, 엄마는 가장 불쌍하고 안타까운 존재로 비추고 있다.

TV를 보던 엄마는 조용히 울고 계셨다. 지체장애인의 엄마가 내가 그동안 어떻게 살았는지 아무도 모를 것이라는 말을 할 때는 엉엉 우셨다. 엄마도 TV 속 어머니처럼 사셨기 때문일 것이다. 우는 엄마 옆에 있던 나는 화가 났다. 방송에는 왜 항상 장애인을 불쌍한 존재로 비추는 것일까? 차라리 이런 방송은 안 했으면 좋겠다.

사회자는 주인공의 장점과 잘한 점을 부각하며 마지막에는 이렇게 훌륭하신 분이 우리 옆에 계신 것이 자랑스럽다는 교훈과 메시지를 남기면서 방송이 끝났다.

밥을 먹고 화장실을 가는 일상생활조차도 어머니의 도움이 없으면 할 수 없는 중증 지체장애인과 힘겹게 생활하는 모자지간을 보여주는 방송을 보면 시청자들은 대부분 장애인은 불쌍하다고 생각한다.

장애인식이 부족한 시절에는 장애란 부끄러운 것이며 장애인은 숨겨야 하는 존재고 전생에 죄를 지은 부모가 현생에서 고통을 받는 것이고 원죄에 속하는 일이었다.

사회가 우리를 그렇게 바라보았기 때문에 장애인이 있는 가족들은 죄인처럼 살았다. 자신들이 차별받는다는 생각은 꿈에도 하지 못했다. 모든 불편과 불이익을 감수하면서 지내야만 한다.

장애가 있는 사람이 왜 장애인을 차별하느냐고 자기 목소

리를 내면 장애인 주제에, 장애인을 낳은 죄인 주제에 무슨 큰
소리냐고 오히려 욕을 먹는 시절이라 하고 싶은 말이 있어도
참으면서 쥐 죽은 듯이 살아야만 했다.

다행히도 엄마는 달랐다. "장애를 가졌다고 해서 못 할 것
은 없다"라고 하면서 언니를 누구보다 강하게 키우려고 노력
하셨다.

당신이 돌아가시면 언니를 돌봐줄 사람이 없다고 생각하
셨기 때문에 무슨 일이든지 스스로 할 수 있도록 교육하셨다.
장애아의 조기교육에 대해서 전혀 배운 적이 없었지만 살아가
면서 엄마 스스로 터득한 것 같다.

동물들이 자신을 보호하기 위한 수단을 새끼들에게 가르
쳐주는 것처럼 엄마도 장애 차별이 심한 이 사회에서 언니가
자신을 보호하면서 살아갈 수 있도록 가르쳤다.

언니가 스스로 자신을 보호하며 살아가는 방법을 배우는
동안 장애는 죄가 아니라 보호받아야 할 불쌍한 존재라는 인
식으로 바뀌고 있었다.

방송프로그램 덕분에 죄인이 아니라 불쌍한 사람으로 낙
인찍힌 것이다.

장애인 커플

청각장애가 있는 언니와 형부가 결혼한다고 하니 주위 사람들의 걱정이 이만저만이 아니었다.

걱정돼서 그러는지 입에 오르내리기 좋은 소문 감이라서 그런지 도와주지도 않으면서 이런저런 참견을 한다.

"이 험난한 세상에 둘 다 들리지도 않는데 어떻게 살려고 그래, 그냥 혼자 살지."

"장애가 있으면서 뭐 하러 결혼을 해, 저러다가 애라도 낳으면 어떻게 그 아이는 무슨 죄야 불쌍해서 어째 쯧쯧쯧."

어른 중에는 함부로 남의 인생을 논하고 결론짓는 나쁜 습관을 지닌 사람들이 있다. 특히, 나는 혀 차는 소리가 싫다. 우리 언니가 들리지 않아서 저러는 건가 싶어서 화가 난다.

언니는 이번이 두 번째 결혼이다. 첫 번째 결혼에서 청각장애인 아들을 지나치게 끼고 사셨던 시어머니로 인해 혹독한 시집살이를 했다. 당신 아들도 청각장애인임에도 같은 장애가 있는 며느리에 대한 차별이 엄청나게 심했다.

시어머니의 비인격적인 언행이 점점 심해져 결혼생활을 계속 이어갈 수가 없었다. 가족들은 인간 이하의 취급을 받으면서 결혼생활을 유지할 필요가 없다고 생각했다.

장애인이라는 이유만으로 사회에서 수많은 차별을 받아왔던 언니가 결혼헤서도 차별을 받고 있다니 생각만 해도 분노가 치밀었다.

장애가 있는 딸이 결혼해서 행복하게 살아가길 바랐던 엄마의 심정이 어땠을지 감히 상상이 안 된다.

왜 또 재혼하려고 하는지, 식구들은 걱정이 많았다 오죽하면 엄마도 혼자 사는 게 어떨까 하는 말씀을 하셨다. 첫 결혼에 실패한 언니가 이번에는 시골에서 농사를 짓는 집으로 간다. 육체적으로는 힘들었지만 시댁 어른들의 마음이 따뜻하고

무엇보다 형부가 언니를 사랑하고 성실한 사람이었기에 지금
은 우리 가족 모두 언니의 결혼을 축복하고 있다.

언니와 형부가 수화로 대화를 하면 모든 사람이 쳐다본다.
영어를 하는 외국인을 힐긋힐긋 바라보는 것처럼 수화하는 사
람들을 힐끗거리며 바라본다. 청각장애가 있는 부부는 사람들
의 걱정거리가 된다. 도와줄 마음도 없으면서 시시콜콜 참견한
다. 험난한 세상을 듣지 못하고 어떻게 살아갈지 쓸데없는 걱
정을 해준다. 정이 많은 민족이라서 그런가 다른 사람들에게
지나치게 관심이 많다.

장애인 커플이 왜 다른 사람의 걱정거리가 되어야 하는지,
장애인 커플의 결혼이 왜 축복받지 못하는지 이해할 수가 없
다. 당사자들이 원하지도 않는 관심과 동정은 사양한다고 말
하고 싶다.

세상은 아직도 장애인에 대한 차별이 존재한다.

아들에게서 전화가 왔다.

"엄마는 장애인 관련 기관에 근무하니깐 이런 건 고쳐줄 수 있지."

전화해서는 다짜고짜 화를 냈다. 얘기를 들어보니 이모가 가입하려는 보험이 있는데 전화로 설명을 들어야 하고 중간에 핸드폰인증도 해야 하는데 듣지를 못하다 보니 가입할 수 없어서 자신에게 연락이 왔다고 한다. 답답한 마음에 보험회사에 항의했고 고객의 소리에 문의했더니 "청각장애인 수화통역 서비스가 제공되지 않습니다. 죄송합니다." 하는 답변이 왔다고 한다. 이모처럼 청각장애가 있는 사람은 보험신청도 못 한다며 속상해했다.

억울한 아들과는 달리 나는 평온했다. 이런 일이 한, 두 번이 아니기 때문이다.

수화통역 서비스가 있다고 하지만 필요할 때마다 서비스를 신청하기가 어렵다. 특히, 사소한 일일 경우에는 더 그랬다. 병원에 상담하거나 해결해야 문제가 발생했을 경우는 당연히 서비스를 활용하면 되지만 인터넷이나 핸드폰 가입을 해야 하는 경우처럼 아주 사소한 일은 도움을 받는 것이 번거롭다.

맞으면 1번, 아니면 2번을 눌러주시라는 멘트를 듣지 못해서 나나 조카들에게 부탁하는 경우가 많다.

청각장애인의 불편과 보이지 않는 차별에 속이 상해서 장애인 관련된 일을 하는 엄마에게 장애인에 대한 차별을 없애는 힘이 있다고 믿는 아들과 이모의 불편함을 도와주는 딸이 있어 다행이다. 엄마가 해결해줄 수 없다는 것을 알지만 어디에 말해야 할지 몰라서 엄마에게 전화 한 것이다. 장애인분들은 이럴 때 어디에 하소연을 하는 걸까?

우리 가족은 청각장애인 언니를 위해 언제까지 도움의 손길을 주어야 하는가? 엄마의 입버릇처럼 언니는 우리가 짊어지고 가야 하는 짐인가?

도움이 필요한 곳마다 손길을 뻗을 수는 없지만 최소한의 노력은 필요하다고 본다. 통계청 자료에 따르면 우리나라 260여만 장애인구 중 거의 90%는 후천적이라고 한다. 그러면 우리도 언젠가는 장애인이 될 수 있다는 것이다. 비장애인의 '비' 자가 아닐 비가 아니라 갖출 비라는 사실을 아는 사람은 매우 드물 것이다. 우리 모두는 장애인이 될 준비를 하는 사람이라는 뜻이다. 자신이 장애인이 되어야지 이해할 것인가? 장애인을 위해서 아니 장애인이 될 수도 있는 우리를 위해서라도 그들을 위한 정책과 서비스에 관심을 기울였으면 한다.

언니는 2020년 4월 봄 유방암 절제 수술을 했다. 유방암 진단을 받았을 때부터 함께 했기에 장애인이 종합병원 서비스를 받기에 얼마나 불편한지 자세히 알고 있다. 청각장애인은 병원 검진이나 법원, 경찰서 등 중요한 일이 있을 때 수화통역 서비스를 신청할 수 있다. 하지만 수술 진행을 위한 각종 상담 및 수술 일정 잡기 그리고 수술 당일까지 보호자인 내가 함께 해야만 했다. 의사도 간호사도 아닌 내가 직접 수술실에 들어가 보니 신기하기도 했고 두려웠다. 일반적인 수술환자라면 수술실 문 앞에서 가족들은 모두 대기해야 한다. 우리가 TV에서 빨간빛 등에 '수술 중'이라는 표시가 보이는 곳이다. 수술실 문 앞을 통과하면 간호사분이 나와서 환자의 이름과 생년월일 묻고 수술할 부위를 확인한다. 수술을 위해서 그렇게 많은 스탭들이 필요한지 처음 알았다. 언니의 수술에 대한 긴장으로 정확히 몇 명인지 헤아리지는 않았지, 의사 외에 10명 정도 계셨다. 언니는 마취상태가 되었다. 나는 언니의 상태를 확인하고 수술실에서 나와 수술 가운을 벗고 빨간빛 등이 켜있는 문 앞에서 언니를 기다렸다.

시간이 그렇게 더디게 간 날은 태어나서 처음이 아닌가 싶다. 평소 나는 전화 통화도 오래 하지 않는다. 그날은 불안을 떨치기 위해 여기저기 전화를 하여 수술이 끝날 때까지 통화를 했다. 드디어 언니가 수술실에서 나왔다. 언니의 상태를 확인하고 입원실로 옮기기까지 많은 질문과 확인하는 작업이 이루어졌다. 수술 당일 저녁 수술을 집도하셨던 의사 선생님의 회진, 다음날 경과 확인 등 계속적인 질문과 대답을 해야 하는 상황이 많았다. 그럴 때마다 수화통역사가 해줄 수 없다.

그나마 동생인 내가 휴가를 낼 형편이 되어 함께 있어 줄 수 있는 언니는 행운아~~(이것을 행운이라고 표현해야 하나 다른 분들이 그렇게 표현하신다.)~~이다. 어쨌거나 청각장애인 언니를 위한 병원의 수화통역 서비스는 없었다. 나는 수술 전부터 수술 당일 그리고 수술 이후까지, 수화통역과 보호자의 1인 2역을 위해 회사에 휴가를 내고 언니 옆에 있었다. 생계를 위해 휴가를 낼 수 없는 때도 있고 가족이 없는 예도 있을 것이다. 그런 청각장애인 분들은 진료 예약, 상담, 수술 진행, 입원, 퇴원 과정을 어떻게 거치는가?

언니의 수술이 무사히 진행되고 경과가 좋아서 감사한 마음에 불만을 말하기가 조심스러웠지만 사실 수술과정을 경험한 나는 병원 고객 불만 사항에 쓴소리를 하지 않을 수 없었다. 언니의 수술 드레싱을 진행해주는 젊은 의사분에게 ○○종합병원의 의료시스템은 너무 훌륭하다 하지만 언니와 같은 청각장애인의 경우 불편 사항이 이만저만이 아니라고 하자 의사는 내 말이 떨어지기가 무섭게 자신도 같은 생각을 했으며 여러 차례 병원에 얘기하였지만 의사의 말은 들어주지 않으니 가족들이 병원 고객센터에 불만을 제기해달라고 나에게 부탁을 했다. 우리나라에서 수화통역 서비스 직원이 상주하는 병원은 부산에 있는 단 한 곳뿐이라는 말씀도 해주셨다. 모든 사업장의 직장 내 장애인식개선교육의 필요성이 입법화된 이 시점에서도 아직 세상은 장애인에 대한 배려가 매우 부족하다.

언니가 건강검진을 받으러 가기 위해서는 2년마다 우리 가족 중 누군가가 도와주어야 한다. 올해도 우리집 근처 검진센터에 예약했다. 기계음에서 나오는 대로 눌러야 하는 것은 왜 그리 많은지 가끔은 짜증이 날 때도 있다. 가까스로 상담원과 연결이 되었다. 이런저런 설명과 함께 추가 검사 여부 등을 묻는다. 그리고 검진 전날 주의사항을 안내한다. 모든 것이 상담원과의 통화로 이루어진다. 청각장애인 언니는 할 수가 없다. 성인임에도 불구하고 도움을 줘야 한다.

우리 사회는 아직 장애인에 대한 배려가 부족하고 고쳐야할 것이 너무나 많다.

언니에게

청각장애인 언니가 있다는 것을 지금은 누구에게나 자연스럽게 말한다. 어린 시절에는 장애가 있는 가족이 있다는 것을 남들이 알게 될까 두렵고 듣지 못하는 언니와 같은 시선을 받을까 봐 두려웠었는데 막상 털어놓고 나니 평생 짊어졌던 무거운 짐을 내려놓은 듯 마음이 가벼워졌다. 이렇게 마음이 가벼운 줄 알았다면 진작 말할 걸 그랬다.

이 책을 읽고 있는 장애가 있는 가족들이 있다면 사랑하는 사람을 부끄러워하지 말라는 마음에서 쓰는 글이다.

직장을 다니면서 이 글을 쓰고 있다. 나를 도와주시라고

50

하는 마음과 방해하지 말라는 이중적인 마음으로 책을 쓴다는 사실을 가족들에게 말했다. 친정엄마는 속 타는 내 마음도 모르시고 책 쓰는 것에 관심이 많으시다. 우리 딸이 책을 쓴다고 흥분하시고 좋아하신다. 사람들에게 감동을 주는 글을 쓰라고 조언도 해주시고 글을 쓴다고 노트북을 켜면 조용히 물 한잔을 들고 방으로 들어가셔서 나오지 않으신다. 어떤 내용의 책을 쓰는지 조심스럽게 물어오셔서 내용을 말씀드렸더니 언니에게도 그 사실을 전했는가 보다.

어느 날 언니가 "내 얘기를 쓰면 부끄럽지 않냐?" 하고 말했다. 내가 언니를 부끄러워했던 일들을 모두 기억하고 있구나 싶어서 언니에게 미안한 마음이 들었다.

아직도 내가 부끄러워할까 봐 걱정하는 언니를 보면 미안하다. 장애인 고용을 도와주는 기관에서 장애인을 위해 일하는 사람으로서도 부끄럽다. 며칠 전 언니와 엘리베이터 앞에서 수어로 대화를 하다가 엘리베이터 문이 열리는 순간 수어를 멈칫했다. 엘리베이터는 공동이 사용하는 장소이기에 다른 사람들에게 방해가 되지 않도록 얘기를 멈추는 것이 맞지만 나는 버릇처럼 다른 사람의 시선을 의식했다. 어린 시절부터 시

달려 왔던 두려운 감정에서 완전히 벗어나지 못한 것이다. 엘리베이터가 1층으로 내려오고 현관에 들어서자 나는 큰 소리로 경비아저씨에게 인사를 한다. "안녕하세요." 나는 청각장애인이 아니라는 것을 알아 달라는 듯 인사를 했다.

이 굴레에서 언제 벗어날 수 있을까? 이것도 트라우마일까? 아니면 피해의식으로 가득 차 있는 것일까? 언니의 청각장애가 부끄럽지 않다고 말하지만, 내면에는 아직 언니가 청각장애인이라는 것을 의식하고 있다. 이제는 남들의 차가운 시선에서 도망가지 않는 떳떳하고 자랑스러운 동생으로 살고 싶다.

2부

장애인
전문가가 되다

나는 누구지?

모임에서 나를 소개하는 시간이 있을 때면 결혼을 했고 장애인 고용 관련 정부 기관에서 16년째 일을 하는 직장인 엄마라고 말한다. 외향적인 성격이며 목표하는 일이 있으면 꼭 이루려고 노력하는 실천가라고 말한다. 거기까지 말하면 삶의 목표가 뭐냐고 묻는다. 나는 "행복한 삶을 사는 것입니다"라고 대답하곤 한다.

사실 '행복한 삶'에 대한 정의도 제대로 내리지 못한 채 막연하게 행복한 삶을 꿈꾸며 열심히 살아왔다. 인제야 행복한 삶에 관한 생각을 구체적으로 해보고 있다.

책을 쓰는 과정을 통해서 나를 알아가는 시간을 가지려고 노력 중이다. 내가 하고 싶은 일, 내가 좋아하는 것, 싫어하는 것은 무엇인지 알아가는 여정이 될 것이다.

심리학자 융에 따르면 우리가 알고 있는 의식 세계는 일부분이고 인생은 자기(self)를 찾아가는 여행과 같다고 했다. 나도 여행을 떠나보고자 한다. 코로나 시대, 해외여행이 막히고 집에 있는 시간이 많아지면서 책을 쓸 수 있는 기회가 온 것에 감사하다.

나는 외향적인 성격에 계획하고 실천하는 것을 좋아한다. MBTI 성격검사를 하면 외부에서 에너지를 얻는 사람이라는 결과가 나왔지만, 꼭 그런 건만은 아닌지 요즘은 책을 읽고 글을 쓰고, 혼자 있는 것도 좋다. 사람들을 만나는 것보다는 조용히 있는 시간이 점점 많아지면서 내면을 들여다보는 시간이 많아졌다.

나의 닉네임은 '꿈꾸는 모델'이다. '한 사람에게라도 선한 영향을 줄 수 있는 모델이 되고 싶다'라는 생각으로 지었다. 그러나 재미있게도 나의 내면에서 다른 목소리가 들렸다. '나는

진짜 모델이 되고 싶었다.'

나의 외모, 몸매를 생각하면 진짜 모델이 될 수 없는 이유는 많이 있지만 나는 진짜 모델이 되고 싶다.

지금부터 건강한 몸을 유지하여 시니어 모델이 되어야겠다는 목표가 생겼다. 새벽 요가로 하루를 깨우고 근력도 조금씩 키우고 있다. 식단도 조절하여 만 50세가 되는 내년에는 바디 프로필도 찍을 예정이다. 2년 뒤에는 근사한 바디 프로필 사진을 책상 위에 놓게 될 것이다.

요즘 내 마음에 많은 변화가 생겼다. 예전에는 규칙을 어기면 불편하고 정해진 대로만 살아야만 하는 사람이었다면 지금은 느슨하게 생활하는 것도 괜찮다는 걸 알았다. 화려한 것도 좋지만 순수하고 자연스러운 아름다움을 조금씩 알아가는 것이다.

주변에 사람이 많아야 행복한 거라고 여겼지만 혼자도 행복하게 살 수 있다는 것을 알게 됐다. 다른 사람들에게 나쁜 말을 못 하는 줄 알았지만 필요할 때는 서슴지 않고 한다. 움직임이 많은 운동을 좋아하는 줄 알았는데 지금은 요가가 좋다. 예전에는 결과에 집착했고 무모한 도전을 하지 않는 사람이었지만 지금은 결과물이 만족스럽지 않아도 괜찮다는 마음으로 도전을 한다. 책을 쓰는 일도 그중에 하나다.

지금부터는 엉뚱하고 새로운 것을 시도해 보는 사람이 되고 싶다. 앞으로는 나를 아는 많은 분에게도 이렇게 말하고 싶다.

"나는 여러분들이 알고 있는 사람이 아니라 다른 사람일 수도 있습니다."

1997년만 해도 상경 학과를 졸업한 사람은 취업이 어렵지 않은 편이었지만 하필 IMF 사태가 발생하면서 예전 같은 분위기는 아니었다.

국가부도로 실업자가 대량으로 발생해서 그들에게 실업급여 지급 및 상담 진행을 위한 인력을 채용했다. 그 당시 모집공고문을 남자친구(지금의 남편)가 오려 와서 지원해보라고 했다.

집에서도 가깝고 정부 기관이라 안정적인 일자리인 것 같아서 지원했고 운 좋게 합격이 되었다. 나는 생각지도 않았던 직업상담원의 길을 걷게 된다. 장래 희망을 묻는 말에도, 진로

고민 시에도, 일자리를 찾을 때도 상담사가 되리라 생각해본 적은 없었다. 가족들은 내가 해야 할 일에는 도무지 관심이 없었고 안 좋은 시기에 정부 기관에 취업한 것만 좋아하셨다. 물론 가장 기뻐한 사람은 남자친구였다. "자신이 추천한 곳에 합격했으니 평생 고마워해"라고 말했다.

하지만 평생 고마워할 일은 아닌 듯하다. 상담에 대한 기본 교육도 없이 현장에 투입되었고 일에 치여 살았다. 나라 전체가 부도와 도산, 실업자로 넘쳐나고 있었다. 그 시절에는 번호표로 다음 순서를 안내하는 대기 안내 기계가 없었기 때문에 순서가 되면 목청껏 민원인을 불러야 했다. 10개가 넘는 상담 창구에서 "○○○님", "△△△님", "□□□님" 호명하는 소리, 사무실을 가득 채운 민원인들, 불만 사항들에 대하여 위협적인 목소리로 항의하는 사람들로 사무실은 아비규환이었다. 입에서 단내가 날 정도로 많은 사람을 상담했다. 물을 마실 시간도 없었고 화장실에 가는 것도 눈치가 보였다. 1시간을 점심시간으로 사용하는 것은 기다리는 민원인들의 화를 돋우는 일이라서 식사 시간 마저 줄여야 했다. 그건 상담이라기보다는 일처리라고 표현하는 것이 맞을 것 같다. 이런 곳에 취업하라고 추천해준 것을 고마워하라는 남자친구가 싫어질 지경이었다.

　하루 100명의 고객을 만나는 일이 익숙해질 무렵 기억에 남는 50대 남자분이 오셨다. 뭔가 잘못을 한 것 같은 표정으로 들어오셨고 나랑 눈이 마주친 그분은 실업급여를 신청하기 위해서 조용히 내 앞에 앉으셨다. 20년 이상 몸담고 일했던 회사에서 갑자기 퇴직을 권고 받고 마음의 상처를 받았다는 분의 얘기를 들으면서는 안타까운 감정이 들었다.

　이와 반대로 밝은 표정의 젊은 여자 분이 들어오셨다. 2억에 가까운 명예퇴직금을 받은 전직 은행직원이다. 그 당시는 분당의 24평 아파트 시세가 1억 정도 되던 때였다. 명예퇴직이 오히려 기회가 된 듯 밝은 표정으로 실업급여를 신청하는 모습도 보였다. 100만 원이 채 안 되는 월급을 받는 나는 그 밝은 표정의 여자 분의 퇴직금을 보면서 괴리감을 느끼기도 했다. 그때 나는 27세였고 빵집 아르바이트, 학원강사 경험이 전부였다. 그동안 경험하지 못한 세상과 사람들을 만나게 되면서 세상을 조금씩 알아가기 시작했다. 서서히 그들의 이야기가 들렸고 공감했고 그렇게 나는 상담가가 되고 있었다.

그즈음 전문적인 상담가가 돼야겠다는 생각으로 대학원에 진학했다. 노동부 관련 부서에서 근무하는 사람들에게는 50%의 장학혜택이 있었다. 직장인들을 위해 야간과 주말반을 개설해주었기 때문에 나에게는 딱 맞는 대학원이었다. 아이는 엄마와 언니가 번갈아 가면서 봐줄 테니 걱정하지 말고 공부만 하라고 했다. 무슨 일이 있으면 항상 옆에서 도와주는 사람이 있는 나는 운이 좋은 사람이었다. 지금까지도 어려움 없이 올 수 있었던 건 고마운 사람들 덕이다. 나도 누군가에게는 도움이 되는 사람이 되어야겠다는 생각이 가득하였던 때라 그랬는지 저녁 수업도, 주말까지 이어지는 수업도 모두 재미있었다. 공부가 재밌다는 것을 태어나서 처음 느꼈던 시기였다. 몸은 피곤했지만 하고 싶은 공부를 한다는 것은 분명 기쁨이었다.

대학원을 다닐 때 아파트를 분양받았다. 분기별로 입주금을 낼 능력이 되지 않았던 우리 부부는 분당에서의 생활을 접고 경기도 광주시로 이사를 하게 되었다. 전세금을 빼서 분양대금을 납입하고 남은 돈으로는 광주시 변두리에 있는 아파트를 얻었고 대학원을 졸업할 때까지 살았다. 생각해보면 재미있고 행복한 시절이었다. 대학 시절로 돌아간 것처럼 함께 출근

하고 퇴근을 했다. 수업이 끝나는 시간까지 학교 근처에서 기다렸다가 함께 집으로 향했다. 허허벌판에 덩그러니 있는 아파트에서 듣던 개구리 소리와 지독했던 거름 냄새, 유난히 추웠던 겨울도 다 괜찮았다. 하고 싶은 상담 공부를 하므로 어떤 어려움도 견딜 만했다.

이름난 대학원도 아니고 잘나가는 학과도 아니었지만 하고 싶은 공부를 마쳤다는 생각에 감사했다. 석사졸업장은 가족 모두의 도움이 이루어낸 결과였다.

전문지식을 공부하고 내담자를 만나는 것과 그렇지 않은 것은 천지 차이였다. 내담자의 이야기를 경청하고 조건 없이 수용하는 자세와 내담자가 느끼는 감정이나 사건들에 공감하고 해결할 수 있도록 도와드리는 상담사의 일에 점점 매력이 느껴졌다. 그러면서 자연스럽게 일이 좋아지고 만나게 될 내담자를 상상하고 기다리게 됐다. 하지만 일은 하면 할수록 쉽지만은 않았다.

사람이 싫어지고, 말하기도 싫어지는 시기도 있었지만 조금씩 이겨내며 상담가가 되고 있었다.

사람들에게 도움이 될 수 있는 것이 무엇이 있을까 매일 고민하던 시절이었다.

이직했어요
(한국장애인고용공단에 입사하다)

장애가 심해 보이는 분이 왼손은 가슴에 대고 왼쪽 다리를 사무실 바닥을 끌면서 상담창구로 불편하게 걸어오고 계셨다. 그럴 때면 상담사들은 모두 책상 쪽으로 고개를 떨군다. 그분과의 눈 마주침이 두려운 것이다. 나는 그 순간 도망가지 않는다. 눈이 마주친 나에게 천천히 다가오신다. 눈웃음으로 맞이하면서 "무엇을 도와드릴까요?"라고 말한다. 나는 이 물음을 좋아한다. 어떤 일 때문에 오셨는지 무엇을 도와드리면 되는지 등 여러 가지 의미가 담긴 질문이라서 좋다. 여기까지 오시느라 고생하셨다. 이제는 마음을 편안하게 가져도 된다는 격려의 뜻이 담겨있어서 이 말을 좋아한다.

장애인분이 사무실에 들어오시면 상담원들은 서로 눈치를 보며 내 앞으로 오지 않기를 바란다. 어느 날이었다. 청각장애인 분이 내담자로 오셨는데 내가 상담을 하겠다고 적극적으로 나섰다. 직원들이 꺼려하는 상담을 하려고 했던 건 언니의 장애를 떠올렸기 때문일 것이다.

언니가 청각장애인이지만 나는 수어를 사용하지 못한다. 우리 가족 모두는 수어를 배우지 않았고 집에서는 입 모양을 크게 해서 천천히 말을 하거나 몸짓을 사용하며 대화를 했다. 그런 이유로 청각장애인 내담자가 오셔도 소통할 수 있는 방법은 필담밖에 없었다. 때로는 입 모양을 크게 하고 천천히 또박또박 얘기하는 때도 있었지만, 그것도 잘 안 될 때는 필담으로 한다. 나도 힘들었지만, 청각장애인 내담자도 답답함을 느끼는 순간이었다.

청각장애인분이 다녀가시고 난 뒤 며칠 후 30년을 근속한 회사에서 과중한 업무로 뇌출혈이 와서 고생하는 분이 오셨다. 오른쪽 마비였다. 평생 오른손으로 글씨를 쓰셨던 분이 왼손으로 신청서를 작성하는데 시간이 오래 걸렸고 당연히 글씨도 알아보기 힘들었다. 발음도 정확하지 않아 무슨 말씀을 하시는지 알아듣느라 신경이 곤두섰다. 이직을 원하시는 분, 고령으로 취업이 어려우신 분들로 사무실은 항상 민원인으로 가득 차 있던 때였다. 처리해야 할 민원이 밀려있는데 대화가 어려운 장애인 내담자가 쓰는 신청서를 기다리고 있으면 점점 마음이 조급해진다. 몇 분 전만 해도 "무엇을 도와드릴까요?"라고 물었지만 얼마 되지 않아 어떻게 도와드려야 할지 모르겠다는 마음이 들었다. 어렵게 쓰시는 신청서를 내가 대신 쓰고 싸인 만 받을까 하는 생각도 했지만, 그분에게 상처가 될까 봐 쉽게 말을 꺼낼 수도 없었다. 2분이면 쓸 수 있는 신청서를 10분이 지나도 끝내지 못하는 모습을 지켜보고 있으니 마음이 자꾸만 불편해지기 시작했다.

달라진 사회 분위기 덕에 장애인분들이 많이 찾아오면서 그분들을 어떻게 도와드려야 하는지에 대한 고민이 생기기 시작했다. 그러던 중 우연히 한국장애인고용공단에서 직업평가사를 채용한다는 공고를 보게 되었다. 직업평가사가 하는 일이 장애인분들을 위한 전문적인 상담과 평가를 진행할 수 있다는 것을 어렴풋이 알고 있었다. 나라에서 주는 녹봉을 받을 운명인지 공공기관마다 합격의 운이 있었다. 그렇게 나는 장애인분들만 서비스하는 기관으로 이직하게 되었다. 그때부터 나는 장애인과 함께하는 삶을 운명이라 여기게 됐다.

마침내 원하는 곳으로 이직을 했다. 노동부 고용지원센터 7년 9개월의 경력으로 입사했지만 새로운 곳에서는 신입이었다. 나이가 많은 신입직원이었다. 나보다 나이가 어리고 결혼도 하지 않은 사수가 있었다. 나는 상담경력을 인정받기는 했지만, 장애인에 대한 이해가 전혀 없어서 신입이나 다름없었다. 배운다는 생각으로 열심히 일했다. 입사 후 2년 만에 노동부 장관상을 받았다. 취업을 원하는 장애인분들의 이야기에 귀를 기울이면서 동시에 장애인을 고용하려는 사업체 내표의 입장도 고려했다. 그러면서 다양한 장애에 대해서 알아가기 시작했다.

처음 발령받은 곳은 의정부였다. 관할지역은 파주, 고양, 양주, 동두천, 연천, 구리, 남양주, 고양시 등 대부분 낯선 도시였다. 장애인을 채용하려는 사업체도 거의 외진 곳, 교통이 불편한 곳에 있었고 특수학교, 복지관, 장애인 관련 시설은 대부분 외곽지역에 있었다. 심지어 장애 학생들이 다니는 특수학교는 대중교통이 편하고 보호자가 등·하교를 하기에 편안한 곳에 있어야 하는데 그렇지 않았다. 오래전 언니도 왕복 4시간을 통학했던 사실이 떠올랐다. 장애인 가족이었음에도 불구하고 장애인들이 소외되었다는 것을 나조차 잊어버리고 살고 있었다. 이곳에 입사하기 전에는 취업을 희망하는 장애인이 얼마나 많은지, 어떤 곳에서 교육받고 일하시는지 어떤 불편함을 겪으면서 일상을 견뎌내는지 몰랐다. 관심이 없었다고 표현하는 게 더 정확할 것 같다.

누구보다 사회의 배려와 관심을 받아야 하는 장애인분들이 어렵고 힘들게 학교에 다니고 회사를 가고 지역사회시설들을 이용하고 있다는 것을 알게 되자 열심히 할 수밖에 없었다. 그동안 편안하게 지냈던 내가 부끄러웠고 당연하게 여겼던 혜택들이 감사해졌다. 내가 누리는 혜택을 그들도 함께 누리는 사회가 되었으면 하는 바람이 생기면서 이직하기를 잘했다고 생각했다. '이곳에서 그들을 위해 일을 해보자'라는 생각을 굳히게 되었다.

자격증 취득하기

"공부에는 끝이 없다."

한국장애인고용공단으로 입사하면서 이 말에 크게 공감했다. 입사 후에도 장애와 관련된 지식과 정보가 부족하다고 느꼈고 수화직업상담사, 사회복지사 1급, 장애인재활상담사 1급, 보조공학사 2급 등 장애 관련 자격증을 여러 개 취득하게 되었다.

일하면 할수록 장애에 대한 이해가 부족하다는 것을 느끼고 그들의 요구에 맞는 정확한 서비스를 해드리는 것이 점점 더 어렵겠다는 생각에 공부할 수밖에 없었다. 10년 동안 꾸준히 공부하고 자격증을 취득하였지만 늘 아직 멀었다는 생각이 들었다. 우리나라 유일한 장애인 고용전문기관 직업평가사라는 타이틀이 불편해졌다. 몸에 맞지 않은 옷을 입은 것처럼 온종일 피곤하고 편안한 복장으로 갈아입고 싶었다. 그러려면 더 깊게 공부에 파고들어야 했다. 결국 박사과정까지 왔다. 지금 같아서는 그때처럼 공부하라면 못 할 것 같은데 그 당시에는 의욕이 넘쳤다. 배움의 즐거움을 느끼면서 몸에 맞지 않던 옷은 점점 편안한 옷이 되었다.

한국장애인고용공단 직원들은 수어기초교육과정은 필수로 받아야 한다. 초급과정은 간단한 인사를 할 수 있는 정도이다. 나는 퇴근 후 농아인협회에서 중급과정을 마쳤고 청각장애인 수어통역사분에게 고급과정 수업을 받았다. 수어는 영어를 배우는 것만큼이나 어려웠다. 원어민이 일상에서 사용하는 문장이 따로 있는 것처럼 수어도 수업시간에 배운 내용과 달리 청각장애인분이 사용하는 수어가 따로 있었다. 수어에는 조사가 없으며 몇몇 수어 중에는 뜻 그대로 동작으로 만든 것도 있고 모양대로 만든 것이 있어서 할수록 재미있었지만, 수어도 제2외국어처럼 쉽지만은 않았다. 그 후로 1년 정도를 더 배우고 회사에서 운영하는 수화직업상담사 과정에 참여하여 자격증도 취득하였지만 아직도 수어를 능숙하게 하지 못한다.

어렵게 배운 수어는 최대한 활용하려고 애쓴다. 청각장애인분들을 만날 때는 사용할 수 있는 모든 수어를 사용하려고 한다. 청각장애가 없는 사람들이 수어를 사용하면 장애인분들이 매우 반가워하며 잘한다고 칭찬도 해주신다. 외국인이 어설프지만, 한국말로 몇 문장만 해도 한국말 정말 잘한다고 칭찬해주는 것과 같은 격이었다. 어쨌든 원어민과 영어로 대화는 못 하지만 청각장애인에게 수어로 대화한다.

수어를 배우고 나서 가장 좋았던 점은 언니와의 의사소통이 점점 더 많아졌다는 것이다. 그동안의 일들에 대해서도 수어로 하게 되었다. 수어가 자연스러워지면서 청각장애인분들과의 상담과 평가는 전적으로 나의 몫이 되었다. 다행히 부담보다는 보람이 크다. 장애인분들과의 대화를 통해서 그들의 어려움이 보이고 그것을 해결할 방법에 대하여 고민도 할 수 있게 되었다. 다 수어를 하게 된 덕분에 가능한 일이다.

취업하기 위해 오는 장애인분들의 의욕과 좋은 일자리를 알선해드리려는 나의 의욕만으로 해결할 수 없는 문제들도 있다. 장애인과 취업 사이에는 가족, 건강, 경제, 복지 등 해결해야 하는 연결고리가 얽혀 있다. 장애인 고용전문기관에 입사하여 장애인 고용관련 공부만 하면 되는 줄 알았는데 그들과 얽혀 있는 문제를 알고 해결해 드리는 데는 또 다른 문제들이 함께 하기에 그 문제가 해결되어야만 취업할 수 있고 만일 취업하더라도 기본적인 복지가 해결되지 못하면 취업상태가 유지되기 힘들어진다. 결국 그래서 사회복지 공부까지 하게 되었다. "정말 공부에는 끝이 없었다." 사회복지영역에 관한 공부를 마치고 1급 자격증 취득까지 마치면 정말 장애인 전문가로 어려움이 없을 줄 알았다.

하지만 수어도, 사회복지사 1급 자격증도 끝이 아니었다.

"왜 그렇게 공부를 많이 하냐, 지겹지 않냐?"라는 말들을 하지만 장애인에게 맞는 서비스를 제공하려면 어쩔 수 없다. 실무에서는 더 많은 공부를 요구하기 때문이다.

예를 들면 이런 식이다.

지체장애[1]에는 여러 가지 유형이 있다. 절단, 변형, 관절, 지

---

1) 절단장애 : 팔이나 다리가 선천적으로 없거나 후천적으로 상실한 유형.
관절장애 : 골절이나 뼈 부위에 생긴 염증으로 생긴 유형.
지체기능장애 : 절단이나 뼈 부위에서 생긴 장애가 아닌 근육병이나 소아마비 후유증으로 근육을 사용하는데 마비가 있는 유형. 지체기능장애 중에서 뼈 부위의 장애로 인정되는 것은 척추 부위의 장애이다.
신체변형장애 : 손가락이 등이 굳은 형태의 장애가 아니라 한쪽 다리가 짧거나 왜소증으로 키가 작은 것.

체기능이 있으며 지체장애인의 유형에 따라 필요한 보조공학이 다르고 시각, 청각, 발달 등 유형별 그리고 개인별로 일상생활이나 취업을 유지하는 데 도움을 드릴 수 있는 보조공학기기가 있다. 많은 장애인분이 보다 나은 곳에서 질 좋은 생활을 할 수 있는 기회들이 있는데 담당자인 내가 그 내용을 모르니 도움을 드리는 것이 제한적이었다. 그런 의미에서 보조공학사 자격증은 필수였고 그동안 하였던 공부 중 가장 어려웠다. 보조공학기기 제작에 필요한 물리, 화학, 수학, 건축, 의학 등을 공부해야 했다. 인문계를 졸업한 나는 이해가 불가능하여 무조건 외웠다. 그러다 보니 이해되는 부분도 생기게 됐다. 이런저런 고생 끝에 드디어 보조공학사 2급을 취득하였다.

관심과 열정이 없으면 시간적· 물리적으로 쉽게 할 수 없었던 과정이었다. 장애인분들에 관한 관심이 없으면 할 수 없는 과정이었으나 언니에 대한 미안함과 고마운 사람들에게 보답하고자 하는 마음이 있었기에 해낼 수 있지 않았을까?

"상담가는 내담자를 무조건 공감하라"라고 심리학자 로저스는 말하였으나 현장에서 장애인을 상담하다 보면 절대 쉽지 않다. 어렵다고 느낄 때마다 나를 전문가라고 부르는 사람들에게 부끄러워진다.

언어장애로 등록되어있으나 상담과 평가 과정에서 인지력이 의심되는 장애인분을 만났다. "초등학교 때에는 친구들이 항상 저를 놀렸어요. 그래서 친구도 없었고요. 학교 가는 것이 싫었어요. 선생님에게 얘기해봤지만 해결되지 않았고 집에서는 부모님이 속상해하실까 봐 학교에서의 일을 얘기하지 않았어요." 그 말을 듣는 순간 그동안 얼마나 힘들었을까? 어린아이가 얼마나 고통스러웠을까? 상상이 되지 않았다. 하루, 이틀도 아니고 15년 이상 그렇게 지냈다니 상처가 얼마나 깊은지 나로서는 감히 추측할 수 없다.

그분과 같은 장애를 갖고 있지 않기에 짧은 시간의 상담으로서는 이해할 수 없고 공감이 안 되는 건 당연하다. 적절한 조언도 생각나지 않는다. 상담가의 기본은 경청, 공감, 존중, 배려다. 기본기술을 가지고 있는 전문가라고 자신에게 자부심을 주입한 뒤 상담에 들어가지만, 곧 무너지게 된다. 그들을 위해 할 수 있는 일이 무엇인지, 내 방법이 맞는 것인지 노심초사하게 된다.

"경험하지 않았지만 경험한 것처럼 공감하라"라는 말씀이 무색하게 된다. 입사 초기에는 자격증을 취득하면 전문가로서의 역량을 갖춘다고 생각했지만, 오히려 상담할수록 이해와 공감을 말하는 내가 부끄럽고 작아지는 기분이 들기 시작했다. 이해될 수 없는 일들이 점점 더 많아졌고 나는 난감해지기 시작했다.

장애인 이해를 위해 노력한 시간은 16년이다. 현재도 노력하고 있다. 하지만 장애인이 아니라서 그들을 이해하는데 분명히 한계를 느낀다.

10년이면 강산도 변한다는
(16년 전문가)

장애인분들의 목소리에 귀를 기울여 보면 그들이 가장 많이 원하는 것은 뜻밖에도 도움이 아니라 '자립'이다. 스스로 일어서려면 경제적인 능력이 있어야 하기에 나는 그들이 무엇을 좋아하고 어떤 일을 잘해낼 수 있는지 그들의 장단점에 대하여 알려고 애썼다. 특히 그들이 자신의 장애를 어떻게 극복하고 취업하는가에 대해 함께 고민했다.

1990년이 되어서야 장애인 고용 촉진 등에 관한 법률이 제정되며 기업의 장애인 의무고용제를 처음 도입하였으니 1989년에 고등학교를 졸업하여 장애인으로 언니가 취업할 곳은 거의 없었다. 집안에 경제력이 좋은 분이 있거나 지인 중 회사를 경영하는 사람이 있다면 운 좋게 입사할 수도 있었지만, 대기업에 취업하거나 회사의 입사 지원절차를 거치는 경우는 하늘의 별 따기였다.

청각장애인에게는 대학 진학뿐 아니라 취업도 언감생심이었다. 간혹 어렵게 취업한다고 해도 고용을 유지하는 데도 제약이 많았다.

언니는 고등학교 졸업 후 작은 개인 사업장에서 인테리어 보조와 커튼 만드는 일을 하였지만, 고객이 원하는 것을 제대로 전달받지 못하여 물건이 잘못 만들어지거나 대부분 영세사업장이 그렇듯이 여러 가지 일을 동시에 해야 했다. 영업도 하고 사장이 바쁠 때는 주문 전화도 받아야 하는데 장애 때문에 현실적인 어려움에 부딪혔고 결국 그만두게 되었다.

현재는 장애인 복지와 고용에 관련된 법률이 제정 및 개정되면서 장애인식 개선이 되었으나 아직도 사회 곳곳에서는 차별, 인권유린, 인격적인 무시를 당하는 일이 여전히 남아있다. 인공지능, 자율주행 시대 등 사회가 매우 급변하고 있지만, 장애인에 대한 인식의 전환은 여전히 느리다.

우리 사회가 장애인이라고 특별히 배려받는 일도 차별을 받는 때도 없었으면 한다.

선생님 저도
취업할 수 있을까요?

'일만 시간의 법칙'이란 어느 분야이든 위대한 성공을 거두기 위해서는 일만 시간의 노력이 필요하다는 뜻이다. 하루에 세 시간씩 십 년이면 만 시간이 되는데 이 시간 동안 한 가지 일에 노력하면 그 분야에서 최고가 된다는 것을 말한다. 장애인 공단에 입사하여 15년이 지났으니 이 분야에서 최고는 아니더라도 장애인분이 문을 열고 들어오시는 모습만 보아도 어떻게 상담을 진행하고 서비스를 해 드려야 할지 얼추 그림을 그릴 수가 있다.

'나는 착하고 성실해요'라고 써 붙인 것처럼 보이는 장애인 한 분이 들어오셨다. 상담한 결과 정말 성실하게 살아오셨던 분이다. 평범한 일상을 살다가 어느 날 갑자기 숨을 쉴 수가 없어 응급실에 갔고 급성 심장병 진단을 받았고 심장 크기가 맞지 않는 다소 위험한 이식수술을 받았다. 다행히 면역억제제[2]를 복용하고 있어서 위생에 신경 쓰는 것 외에는 생활하는데 큰 어려움이 없었다. 하지만 수술과 회복의 시간을 보내면서 자신감도 낮아지고 체력이 떨어져 힘든 일을 하기에는 어려운 형편이라고 하셨다. 불행인지 다행인지 외관상으로는 장애인으로 보이지 않았다.

법원에서 7년 동안 전산 업무를 하다가 심장병이 발생하여 퇴사하였고 자기 경력으로는 취업하는 데 어려움이 있다는 것을 알고 계셨다. "선생님 저도 취업할 수 있을까요?"라는 질문이 끝나기가 무섭게 "그럼요 취업하실 수 있습니다. 100세 시대예요. 앞으로 정년도 길어질 겁니다." "이미 40대가 아니라 이제 40대세요"라고 말씀드렸다.

우리가 흔히 알고 있는 지체장애인의 경우 눈으로 구분할 수 있다. 하지만 신장, 심장 등 내부장애인의 경우 장애인 당사

---

2) 생체 내에서 부적당한 면역반응을 인위적으로 억제시키는 데 사용되는 약물. 장기이식의 거부반응 억제나 교원질병 등의 자가면역성 질환 치료에 사용된다.

자가 말하지 않는다면 장애인이지 알 수가 없다. 사람들은 장애가 외관상 드러나지 않으니 그나마 다행이라고 생각하지만, 당사자들과 상담해보면 오히려 겉으로 장애가 드러나는 분들이 낫다고 말한다. 자신들은 멀쩡해 보인다는 이유로 장애인이 받는 혜택과 배려에서 배제당한다고 했다.

또 다른 사례도 있다. 일반학교에 있는 특수학급으로 상담을 하러 가서 만났던 여학생의 경우다.

지적 중증장애인으로 인지력이 낮지만, 일상적인 생활이 가능하고 상담 시 질문에 적절한 대답도 했고 자기 의사도 적절히 표현했지만, 학교 다닐 때 친구들의 따돌림이 심하고 학교에 적응하지 못했다.

에릭슨의 심리사회적 발달을 살펴보면 이론 8단계 중 4단계 학령기는 6세~12세, 보통 초등 전 학년에 해당이 되는데 이 시기는 매우 중요하다. 원만한 또래 관계를 형성하고 성취감을 키워야 하는 시기이다. 학령기 때 왕따로 인하여 또래와의 관계가 제대로 형성되지 못하면 인지력이 낮아지고 원하는 결과를 얻을 수 없어서 열등감이 생기고 소심해진다. 첫 상담시에는 소심하던 소녀가 시간이 지날수록 달라졌다. 진로컨설팅이 끝나갈 때쯤 나에게 조용히 물었다 "선생님 저도 취업할 수 있을까요?"

'장애인'이란 신체적, 정신적 손상 등으로 인한 사회적 차별로 인해 일상생활에 제약을 받는 사람이다. 어떤 장애를 가졌든 장애인으로 등록된 분은 모두 같은 어려움이 있다. 혹시 주위에 이런 분들이 계신다면 사회적 소수자라고 인식해주길 바라본다.

내가 바라는 장애인의 날

재작년과 작년에는 코로나-19로 장애인의 날 행사가 취소되거나 소규모로 진행되어 참석하지 못했다.

장애인의 날은 국민의 장애인에 대한 이해를 깊게 하고, 장애인의 재활 의욕을 고취하기 위한 목적으로 제정된 기념일로 1991년 법정 기념일로 공식 지정되어 2022년에는 42회를 맞이하게 되었다.

4월 20일을 '장애인의 날'로 정한 것은, 4월이 1년 중 만물이 소생하는 계절이고 장애인의 재활 의지를 부각할 수 있다는 데 의미를 둔 것이라고 한다. 20일은 다수의 기념일과 중복을 피하기 위해서다.

내가 입사했던 2006년보다는 장애에 대한 이해가 조금씩 깊어지고 있지만 현장에서의 느낌은 아직 많이 부족하다.

살아가면서 장애인을 만날 때가 있다. 그럴 때 무작정 도와드리려고 한다든지 동정 어린 말이나 호기심에 가득 찬 질문은 하지 않아야 한다. 먼저 당사자에게 "도움이 필요하시나요?" 하고 물어보는 게 예의다.

여러분의 이해를 돕고자 장애 유형별 에티켓을 적어본다.

❖ '지체장애인'에 대한 에티켓

① 보장구를 허락 없이 만지지 않는다.

② 휠체어를 미는 등 무조건 도와주기보다는 당사자에게 어떻게 도와주면 좋을지 물어봐 주어야 한다.

③ 좁은 길에서 휠체어나 목발을 사용하는 장애인을 만나면 먼저 지나갈 수 있게 살짝 비켜준다.

④ 이동을 도울 땐 편의시설과 이동 동선 등을 미리 확인해준다.

❖ '청각장애인'에 대한 에티켓

① 나의 말을 듣지 못한다고 해서 반말은 하는 것이 아니다.

② 청각장애인과 대화를 시작할 때, 자신의 존재를 알리기 위해 상대가 놀라지 않게 상대의 어깨를 살짝 두드리거나 시선을 끌어준다.

③ 청각장애인과 대화를 나눌 때 의사소통 방법을 확인한다.

④ 입 모양을 보고 이야기를 나누는 사람에게는 천천히 정확하게 입 모양으로 이야기한다.

⑤ 수어통역사를 통해 대화할 경우 수어통역사가 아닌 청각장애인을 향해 직접 이야기한다.

⑥ 수어를 모를 때는 글을 쓰거나 표정, 손짓, 몸짓을 적극적으로 이용한다.

⑦ 글로 대화할 때는 또박또박한 글씨로 핵심만 짧게 써준다.

❖ '시각장애인'에 대한 에티켓

① 시각장애인에게 다가갈 때는 내가 누구이고, 지금 앞에 자리한다는 사실을, 자리를 비울 때는 잠깐 다른 곳에

다녀온다는 것을 구두로 알린다.

② 함께 걸을 때는 지팡이를 사용하는 손의 반대편에서, 지팡이가 없는 경우 안내자의 오른팔을 잡을 수 있도록 한 후 반보 앞에서 인도한다.

③ 시각장애인 안내견을 허락 없이 만지거나 음식을 주어서는 안 된다. 이 경우 안내견이 스트레스를 받거나 주의가 분산되어 시각장애인의 보행에 지장을 줄 수 있다.

④ 문자를 주고받을 때에는 이모티콘 사용을 자제한다.

✳ '발달장애인'에 대한 에티켓

① 발달장애인과 대화를 나눌 때는 쉽고 간결한 문장을 사용하여 천천히 이야기한다.

② 발달장애인의 이야기를 끝까지 경청한다.

③ 말로써 표현이 어려운 경우, 그림이나 행동 등의 비언어적 의사 표현을 통해 소통한다.

✳ '언어장애인'에 대한 에티켓

① 언어장애는 청각장애와 달리 소리는 들을 수 있으나 언어적 표현이 힘든 장애를 뜻한다.

② 언어장애인이 느리게 쉬어 가면서 말을 하는 경우 고개를 끄덕이거나 대답을 하며 경청하고 있음을 알려주면 좋다.

'우리나라 등록장애인 수가 260만 명이 넘어가고 있다. 인구 100명 중 5명이 장애인이라고 생각하면 된다. 그들 가운데 약 90%는 비장애인으로 살다가 장애인이 된 사람들이다. 유전적 요인으로 인해 선천적 장애를 가진 사람은 극소수이다. 그래서 우리는 모두 '예비'장애인이다. 내게 닥칠 수 있는 일이라는 것을 받아들이지 않는 분들도 있다. 이제는 인식의 변화가 절실히 필요하다.

장애인의 날이 오면 일시적으로 요란한 행사와 이벤트를 하는 것보다는 평소에 장애인에 대한 이해가 깊어졌으면 하는 바람이 있다.

3부

장애인이
있는 곳이라면

장: 장거리 여행길에서

애: 애써 혼자 앞만 보고 가지 말고

이: 이 사람 저 사람 함께 이야기 나누며 가다 보면

해: 해 넘어가기 전에 친구와 함께 도착할 수 있어요

2021년 장애인의 날의 행사 발표된 4행시다. 장애와 비장애 학생 구분하지 말고 함께 하자는 메시지를 담았다. 이 4행시를 읽을 때마다 참 좋은 의미를 담았다는 생각이 든다.

일반학교에는 특수교육 대상자의 통합교육을 하기 위하여 설치된 특수학급도 있고 비장애인학생과 함께 수업을 받는 통

합학급도 있다. 통합학급이란 장애인학생과 비장애인 학생이 함께 수업 받는 곳이고 특수학급이란 장애인 학생이 따로 수업 받는 곳이다. 두 가지의 수업방식이 공존하고 있다.

나는 매년 장애 학생으로만 구성되어있는 특수학교와 일반학교에 마련된 특수학급으로 상담과 평가를 나간다. 특수학교에는 모든 학생이 장애 학생이지만 특수학급은 학급당 학생수가 7~8명이고 많이 만날 때는 15명 정도를 만나게 된다. 일반학교의 특수학급에 가는 날이면 장애인 학생들보다 비장애인 학생을 만나는 숫자가 훨씬 많다. 장애인 학생들이 비장애인 학생들과 어울려 생활하는 모습을 보면 그들이 사회에 나가서도 서로 배려하며 함께 살아가는 세상을 그려본다.

입사 초기만 해도 나는 통합교육 예찬론자였다. 장애와 비장애인 구분이 없이 함께 수업 받고 학교생활을 하는 것은 당연하다고 생각했다. 하지만 특수학급의 학생들을 많이 만날수록 통합교육이 장애 학생들이 원하는 학교생활인가? 긍정적인 영향을 줄 수 있을까? 하는 의문이 든다.

"선생님 저는 원반(통합학급을 원반이라고 부른다)에 가면 거의

모든 시간에 잠만 자요. 무슨 말을 하는지 못 알아들으니 자
는게 제일 편해요."

"수업시간에 자면 선생님께 혼나지 않니?"

"조용히 잠만 자고 있으니 혼나지 않아요"

대학입시를 목적으로 하는 일반학교의 교육시스템에서는
사칙연산을 어려워하는 발달장애 학생들이 수업을 이해하기
어려울 수밖에 없다. 하물며 미적분 시간이라면 어떨까? 받아
쓰기도 어려운데 국어 시간은 또 어떨까? 제2외국어 수업은
외계어로 들릴지도 모른다.

유아기에는 장애 학생과 비장애 학생 모두 미숙한 단계라
놀림을 받지 않지만, 초등학교만 가게 돼도 발달장애인 학생을
놀리거나 따돌림을 하는 학생들이 점점 많아진다. 중학생이
된다고 상황이 좋아지는 것은 아니다. 고등학교 때에는 친구들
의 괴롭힘은 없지만, 비장애인 친구들은 모든 관심이 입시에
있어서 장애 학생에 대한 배려가 거의 없다. 이러한 시스템 속
에서 통합학급에서 장애 학생들이 수업을 받는 것이 과연 그
들을 위한 것인가.

물론 모든 장애인을 일반화할 수 없지만 내가 상담했던 학

생들이 통합학급의 수업에서 비장애인 학생이나 교사, 학교 시스템으로 인하여 상처를 받는 경우가 상당히 많았다. 조금 더 신중하게 학교를 선택해야 하는 이유다.

특수학교로 상담을 하러 가는 날이면 특수학급에 가는 날보다 좀 더 신경을 쓴다. 특수학급에서 수업 받는 학생들보다 장애 정도가 더 심하기 때문이다.

특수학교 선생님과 함께 교내식당에서 점심을 먹던 날이었다. 혼자 이동이 어려운 학생에게 식판에 음식을 담아서 직접 먹여주시는 선생님이 계셨다. 자해 방지용 헬멧을 쓰고 있는 학생이 식당 안을 여기저기 돌아다녔고 그 친구에게 점심을 먹이기 위해 따라다니는 선생님도 계셨다. 선생님들은 코로 먹는지 입으로 먹는지 정신이 하나도 없는 식사를 하신다.

"평가사님 정신없으시죠? 그래도 천천히 맛있게 드세요." 하는 인사에 영혼이 반은 빠져나간 상태로 "아닙니다. 맛있게 먹겠습니다." 하고 말했다.

요즘은 도우미 선생님이 계셔서 다행이지만 입사 초기였던 2006년만 해도 수업 중 옷에 실수하는 아이가 있으면 선생님이 직접 샤워장에 가서 뒤처리를 해줬었다. 특수학급에 오는 장애 학생들은 그나마 활동보조인의 도움만 있으면 이동을 하거나 때로는 혼자 등·하교를 할 수 있다. 장애 정도가 심하지는 않은 편이기 때문이다. 하지만 특수학교의 통학하는 대부분 학생의 경우는 통학버스가 아니면 등교조차 할 수 없다.

특수학교와 일반학교 내의 특수학급에 출장을 가면 나는 항상 똑같은 말을 한다.

"선생님들 정말 대단하세요. 저 같으면 못 할 것 같아요."

그곳에서 일하는 교사의 일과를 다큐멘터리로 찍는다면 제목은 극한직업이 아닐까?

우리가 알지 못하는 곳에서 힘들게 일하시는 분들이 많이 계신다. 특수교사도 그분들 중에 한 분이며 이 기회에 일선에 계시는 모든 특수교사의 노고에 감사의 인사를 드린다.

"선생님 감사합니다. 정말 고생이 많으십니다."

장애인시설에서

"선생님 예쁘세요, 선생님은 어디서 오셨어요?"

시설에 들어서니 친절한 미소와 말투로 인사를 건네는 장애인분이 계신다.

"네, 저는 한국장애인고용공단에서 여러분을 만나러 왔어요." 하면 활짝 웃으면서 좋아하신다. 나의 옷을 만져보거나, 손에 있는 수첩을 만지려고 하는 등 친근함을 표시한다.

"수현 씨 그러시면 안 돼요, 다른 사람 몸에 손을 대면 안되죠."

시설에 계신 선생님이 주의를 시키신다.

출장을 갈 때면 있는 흔한 광경이라 당황하지 않는다. 이곳이 아니라면 누군가가 나를 만지거나 내 물건을 만지려고 했으면 방어적인 태도를 보였을지 모른다. 장애인시설에 계신 분들은 손님이 오는 것을 좋아한다.

장애인 거주시설에서 생활하시다가 통근 차량을 이용하여 직업재활시설로 가서 각종 프로그램에 참여하신 뒤 끝나면 다시 거주시설로 가는 분들이다. 매일 보던 사람들만 보고 외부 행사가 있는 날이 아니면 낯선 사람을 만날 기회가 거의 없다. 인솔 교사와 함께 나가지 않는다면 혼자서는 대중교통 이용도 어렵고 낯선 곳을 방문기도 어렵기 때문에 나처럼 외부에서 출장을 오거나 봉사활동을 오는 분들을 매우 반가워하신다.

장애인시설 원장님, 직업훈련교사와 업무 회의를 하려고 앉으면 한두 명은 주변을 서성거리신다. 오늘은 어떤 사람이 왔는지 궁금한 모양이다.

"안녕하세요, 반갑습니다"라고 인사를 하면 기다렸다는 듯이 인사를 받고 기분이 좋아진 얼굴로 자리로 가신다. 장애인 분들은 새롭게 찾아온 나와의 관계를 형성하고 싶은 것이다. 어떤 분은 내 인사가 아쉬웠는지 근처를 계속 맴돈다. 자리로 돌아가셔서 각자의 일을 하라는 훈련교사의 말에 어쩔 수 없이 돌아가시는 뒷모습이 쓸쓸해 보였다.

내가 아는 장애인시설은 대부분 도심을 벗어난 외진 곳에 있다. 시설을 찾아가다 보면 인적이 드문 길로 들어설 때가 있다. 때로는 논둑 길을 따라 운전하느라 논바닥으로 떨어지면 어쩌나 걱정이 될 때도 있고 어떤 때는 마을 끝까지 가도 시설이 보이지 않거나 네비게이션이 산 중턱으로 안내하기도 한다. 낯선 곳에 대한 두려움과 외진 곳에 대한 무서움이 몰려오면 남편에게 전화한다.

"여보 나 지금 출장 나왔는데, 가는 곳의 기관 이름은 ○○이야 주소는 인천시 강화군 ○○리인데 산으로 가는 길이라 조금 무서워 사람은 한 명도 안 보여 나한테 무슨 일이 있으면 꼭 연락해 줘." 남편에게 이런 메시지를 전하기도 했다.

'에이 설마, 낮에 출장 가는 길이 뭐가 무섭다는 거지?' 하고 생각할지도 모른다. 나를 반갑게 맞이해주시는 분들이 없어도 좋으니 장애인시설이 도심에 있으면 얼마나 좋을까? 사람들이 많이 다니고 교통이 편리한 곳에 있으면 더 자주 찾아뵐 수 있을 텐데.

모든 시설이 도심 외곽에 있는 것은 아니다. 한번은 도심 번화가에 있는 시설에 찾아간 적이 있었다. 여기서도 똑같은 인사를 하신다.

"선생님 어디서 오셨어요? 선생님 예쁘세요." 어디 가나 예쁘다는 얘기를 들으면 기분이 좋아진다.

장애인시설에 가면 일면식도 없는 나에게 관심을 주시는 분들이 계셔서 좋다.

그분들에게는 여전히 관심이 필요하다.

장애인 관련기관과 함께

아침 8시 10분 "선생님 출근 전이시죠? 오늘 출근하려고
했던 ○○씨가 안 나가겠다고 하네요. 어쩌죠?"

12시 5분 점심을 먹으려는데 "선생님 혹시 통화 할 수 있
을까요."

밤 10시 34분 "선생님 갑자기 기관에 일이 생겨 내일 미팅
은 미루었으면 하네요."

카톡 메시지는 아침, 점심, 저녁을 구분하지 않고 온다. 심
지어 주말에도 온다. 글을 쓰는 이 시간에도 메시지가 온다.

장애인 관련기관과 함께 일을 하다 보면 수많은 변수가 생
기게 마련이다. 서로에게 예의 지키려고 애쓰지만, 갑자기 생기

는 여러 가지 일로 전화나 메시지 보내야 할 상황이 종종 생긴다. 그럴 때면 상대의 노고를 잘 알기에 서로서로 이해한다. '장애인'이라는 공통된 분모를 가졌다는 생각에 서로의 존재가 위안이 된다.

우리나라의 등록장애인 유형은 15개다. 시각장애인복지관, 청음회관, 정신장애 건강복지센터, 발달장애인부모회, 장애인 직업재활시설협회, 지체장애인협회, 농아인협회, 지역의 복지관, 보호작업장 등 장애인 관련기관과 일을 할 때가 많이 있다. 그들에게 적합한 서비스를 제공하기 위해서는 지역에 있는 네트워크 기관장뿐만 아니라 현장에서 일하는 실무자와도 교류를 잘해야 한다. 각 기관의 특성을 이해하면서 서로 존중해 주는 마음을 가져야 한다.

각기 다른 기관들은 그 기관만의 특징을 갖고 있다. 고유의 어려움은 공유하고 공통의 어려움은 도움을 요청하거나 협력하여 일한다.

때로는 기관의 특징만 내세우는 분도 계시고 자신이 근무하는 기관이 정부 지원이 제일 적다고 불만을 말하는 분도 있고, 장애 유형 중 소외된 유형이라서 일하기가 더욱 힘들다고 하시는 분도 계신다. 지금 내가 근무하고 있는 기관은 다른 기관에 종사하는 분들의 실무의 어려운 점을 들어드리고 정부의 지원을 드릴 수 있는 곳이다.

네트워크가 잘 형성된 기관이라도 개인적인 통화를 하거나 만나지는 않는다. 우리는 무슨 일이 생길 때만 연락을 한다. 서로에게 입력된 전화번호가 뜨면 으레 '무슨 일이 있구나, 부탁할 일이 있구나.' 하고 생각하면서 전화를 받는다.

오늘은 무슨 일이 생겼을까? 오늘은 무슨 부탁을 하시려나? 그래도 부담을 느끼지 않는다. 나 또한 그동안 수시로 연락하여 그들을 귀찮게 했다. 연락하면 첫마디가 모두 비슷하다.

"팀장님 그동안 잘 지내셨죠? 또 부탁드릴 일 있어서 전화했어요."

"그렇죠. 뭐 우리가 무슨 일이 있어야 통화하는 사이잖아요."

서로를 응원하면서 그렇게 일을 한다.

내가 일하는 인천지역에는 중증장애인 20명이 일하고 있는 사업장이 있다. 그곳에 가면 기분이 좋다. 항상 반갑게 맞이해주시는 곳이다.

"다른 곳은 몰라도 장애인고용공단에서 하는 일이면 무조건 협조해야죠." 하고 말씀하시는 원장님이 계셔 얼마나 든든한지 모른다. 내가 부탁을 할 때마다 웬만해서 거절하지 않으시고 어려운 요청도 기꺼이 들어주셨다. 내가 부담을 느끼지 않도록 배려해주시는 원장님이 너무 감사하다.

　밤 11시가 넘은 늦은 시간에 부득이하게 장애인 관련기관 원장님께 메시지를 보냈다. 주무시는지 메시지 확인을 안 하시던 원장님께서는 다음 날 아침 8시에 답변을 주셨다. 아침 일찍 답변을 주시는 원장님 덕분에 가슴이 뭉클하고 감사했다. 인천지사에서 6년째 근무 중이다. 특별한 사정이 없으면 5년까지만 근무한다. 올해가 마지막 6년 차다. 이제야 웬만한 기관의 장과 편안한 사이가 되었으며 담당자들에게 사소한 부탁을 할 수 있는 사이가 되었는데 올해가 마지막이라니 그분들에게 더욱 잘하고 떠나야겠다는 생각이 들었다. 돌이켜보니 도움을 주셨던 분들이 많다. 다시 한번 감사하다는 인사를 드리고 싶다.

장애인과 관련된 정부 기관은 고용노동부, 보건복지부, 교육부, 건설교통부, 정보통신부 등 이외 기관도 많이 있다. 장애학생의 진로컨설팅 설계와 취업으로 연계하는 사업을 하는 한국장애인고용공단은 고용을 책임지는 고용노동부, 복지를 책임지는 보건복지부, 교육을 책임지는 교육부. 3개의 기관이 협업한다. 장애 학생의 진로와 취업, 자립을 위한 지원하기 위해 3개 정부 기관과 MOU를 맺어 일 처리를 원활하게 진행하고 있다.

한 명의 장애인 아이가 학교에 입학할 때면 가장 먼저 교육부에 소속되어 각종 지원을 받는다. 장애인 등록이나 장애연금 등 관련 일을 처리하려면 두 번째로 복지부의 지원을 받고 학교를 졸업할 때부터 성인기에는 취업을 위해 세 번째로 노동부의 제도들을 활용하게 된다. 내가 하는 일은 특수학교 및 일반학교 내 특수학급에서 수업받는 장애 학생들에게 상담과 평가를 통해 부모, 교사, 학생과 함께 진로컨설팅을 하고 취업과 각종 지원을 도와드리고 있다. 물론 공공기관이라 모든 일 처리는 무료로 진행이 된다.

사업을 진행하다 보면 각 부처가 달라서 일처리가 매끄럽게 진행이 안 되거나 간단히 처리할 수 있는 일도 각 기관의 승인을 받아야 해서 복잡하다. 가끔 불필요한 행정을 처리해야 하는 일들도 생긴다. 한 곳에서 원스톱으로 진행이 된다면 여러모로 편안할 텐데 많이 아쉬운 지점이다.

현재 3개의 부처가 함께 전산망을 통합하는 시스템을 구축했지만, 아직 완성되지 못했다. 각 부처 기관에 서비스를 요청해야 하는 장애인 입장에서는 얼마나 번거로울지 안타까움이 크다.

내가 근무하는 한국장애인고용공단뿐만 아니라 국가의 공공기관들이 하는 일은 공공 서비스산업이다. 국민의 목소리에 귀를 기울이고 더 나은 공공서비스를 위해 노력하여야 한다.

궁극적으로 국민이 만족하는 서비스를 제공하는 것이 목표가 되어야 한다.

전동휠체어를 타고 중증장애인이 방문하신 날이다. 들어오시자마자 장애연금에 대해 질문을 하셨다. 안타깝게도 그분이 원하는 답을 해드릴 수 없었다. 여기는 장애인고용과 관련된 일을 하는 곳이라 다른 기관으로 가셔야 한다고 말씀드릴 수밖에 없었다. 주민센터에 전화해보시는 것이 좋겠다고 안내해 드렸다. 보나 마나 장애인콜택시를 타고 어렵게 찾아오셨을 텐데 간판에 장애인이라는 명칭이 붙어있으니 당연히 장애인과 관련된 일을 할거라고 생각했을 것이다.

또 다른 분은 업무를 하던 중 다치셨는데 산재보험의 도움을 받을 수 있을지 궁금해서 왔다고 했다. 여기가 아니라 근로복지공단으로 가야 한다고 말씀드렸다.

실업급여를 받으려면 고용복지플러스센터로 가야 한다.

일선에서 일하는 나도 이렇게 복잡한데 장애인분들은 얼마나 힘이 들지 짐작하고도 남는다. 다른 기관으로 간다면 수어를 하는 직원이 없어서 의사소통이 힘들 텐데 하는 생각이 들었다.

움직임에 제한이 있고, 듣고 보는 데 어려움이 있고 인지에도 어려움이 있는 등 여러 가지 유형의 장애인분들에게 여기가 아닌 다른 곳으로 가라고 안내를 하며 여기서는 도와드릴수 없다며 돌려보낼 때가 가장 마음이 불편하다.

신체적·정신적으로 제약이 있으신 분들이 서비스받기 위해 여기저기를 돌아다녀야 하는 번거로움이 없어지기를 바란다.

하루빨리 고용, 복지, 교육 서비스가 한 곳에서 원스톱으로 진행되어야 하는 이유다.

나는 출판업종, 귀금속공예, 비누제조업체, 닭공장, 김치공장, 택배회사, 가구업체, 세제 만드는 업체, 화장품 포장하는 업체, 폐타이어 재활용업체, 병원세탁업체, 호텔세탁업체 등 대기업 외 중소기업에서 장애인을 채용하고자 하는 곳이면 어느 곳이든 찾아간다. 덕분에 신기한 구경도 하지만 생각지도 못한 이런저런 고생도 한다.

그날은 닭공장이었다. 평소에 닭의 특유한 냄새에 민감해서 닭고기를 잘 먹지 않는다. 가리는 음식이 없어 웬만하면 다 잘 먹지만 닭만큼은 예외다. 그런 닭공장에서 장애인을 고용하겠다고 해서 방문을 했다. 예상한 대로 입구에서부터 닭 냄새가 나기 시작했다. 모두 알만한 업체에 납품하는 회사라서 공장 규모는 매우 컸다. 실내의 온도는 냉장고 안에 들어온 듯 추웠고 바닥은 물이 있어서 미끄러웠다. 공장은 HACCP[3] 인증업체라서 위생 상태는 매우 양호했지만, 특유의 냄새는 어쩔 수가 없었다. 직무분석[4]을 위해 공장장님과 공정마다 설명을 들으면서 1시간가량 공장 내부를 관찰했다. 결국 그날 속이 안 좋았고 저녁 내내 두통이 있었다.

이번엔 고양시에 있는 가구업체다. 네비게이션을 켜고 출발했지만, 근처에 다다르자 내비게이션이 방향을 자꾸 놓친다. 논이 펼쳐진 곳에서 왔다 갔다, 갔던 길을 번번이 또 가리킨다. 어쩔 수 없어 담당자에게 전화를 걸어 위치를 물었더니 십자가가 보이는 교회로 오라고 했다. 사장님의 설명에 따르면 이 자리가 예전에 안기부가 있던 자리라고 했다. 외부에 노출을 꺼리기 위해 교회처럼 보이게 했고 지금은 가구공장이 들어선 것이다. 어쩐지 기분이 으스스했다.

---

3) 식품의 원재료 생산에서부터 최종소비자가 섭취하기 전까지 각 단계에서 생물학적, 화학적, 물리적 위해요소가 해당 식품에 혼입되거나 오염되는 것을 방지하기 위한 위생관리 시스템.

4) 어떤 일을 어떤 목적으로 어떤 방법에 의해 어떤 장소에서 수행하는지를 알아내고, 직무를 수행하는 데 요구되는 지식, 능력, 기술, 경험, 책임 등이 무엇인지를 과학적이고 합리적으로 알아내는 것

어느 날은 파주의 병원세탁업체를 찾아갔다. 우리는 장애인 채용이 있는 곳이면 어디에 위치하든 무조건 찾아간다. 병원세탁업체는 비위가 좋은 분들도 힘들어하는 곳이다. 수술실에서 피가 잔뜩 묻어 나온 수술 가운, 각종 오물이 묻은 환자복, 알 수 없는 얼룩이 있는 간호사복 등 병원과 관련된 옷을 세탁하는 곳이다. 각종 오물과 피 등을 제거하기 위해 이름은 모르지만 아주 독한 화학제품을 넣어 세탁하는 곳으로 공장 내에는 화학약품 냄새로 가득했다. 그날도 직무분석을 위해 공장 내부의 구석구석 관찰하고 살펴보면서 그곳에 근무하시는 분들은 정말 대단하다고 생각했다. 그날도 어김없이 속이 울렁거리고 두통이 왔다.

시댁은 김장을 위해 배추를 직접 키우신다. 배추를 마당에서 손질하고 소금을 뿌려서 절인 후 다음 날 마당에서 여러 번 헹구고 물기를 뺀 뒤 집안까지 배추를 옮기고 본격적으로 김장김치를 담근다. 11월, 이미 겨울에 진입한 날씨다. 밖에서 배추를 다듬고 절이고 씻는 과정은 고통에 가까운 시간이다. 무려 300포기를 하는 시댁의 김장양에 입이 떡 벌어진다. 매년 김장한다는 소식이 들리면 명절증후군처럼 머리가 아파지기 시작한다. 나는 시어머니께 김장양을 줄이자는 말이나 김치를 먹지 않을 테니 김장하는 날 빼달라고 말하고 싶었지만 끝내 말하지 못했다. 어머니가 관절 수술을 하면서 버거워지실 때까지 꼬박 10년 동안 김장을 했다. 지금은 시절이 바뀌어 김치를 사 먹는 집이 많다. 예전에는 김치공장의 위생 상태를 고발하는 뉴스들이 많아서 김치를 꼭 집에서 담가 먹어야 하는 줄 알았다.

이날 방문한 김치공장은 꽤 인상적이었다. 그동안 시중에 파는 김치는 위생에 좋지 않을 것이라는 생각이 완전히 바뀐 계기가 되었다. 집에서 하는 김치보다 오히려 깨끗한 공정 과정으로 만들어졌다.

마당이 없는 집들은 아파트에서 김장하면 배추를 씻고 절이는 과정을 욕실에서 할 수밖에 없다. 욕조를 깨끗이 닦는다고 해도 얼마나 비위생적이었을까 싶다. 하지만 HACCP 인증을 받은 김치공장의 철저한 공정 과정을 거친 김치라면 다른 사람들에게 권유해도 되겠다 싶었다.

장애인 채용과 관련된 여러 업체를 방문하면서 그동안 몰랐던 새로운 것을 많이 알게 되었다. 오랫동안 갖고 있었던 고

정관념도 버리게 되었고 눈길이 닿지 않는 곳에서 열심히 살아가고 있는 사람들의 모습을 발견하면서 삶을 대하는 태도에 변화가 생겼다.

영흥도, 덕적도에서

"평가사님 우리 학교 아이들도 평가받을 수 있을까요? 너무 멀어서 안 되겠죠? 안 되면 어쩔 수 없고요."

"아, 네 선생님…"

"그런데 혹시 여력이 되신다면 거의 모든 혜택에서 소외되는 우리 학생들을 위해 꼭 학교로 방문하여 학생들을 만나주셨으면 합니다."

인천시 옹진군 영흥면에 있는 영흥도를 가려면 섬을 두 번이나 거쳐야만 한다. 대중교통으로 가려면 왕복 5시간이 넘게 걸리는 곳이다. 아이들이 인천으로 현장실습을 나오기도 어렵

112

고 외부기관에서 들어가기도 힘든 곳이다. '장애+섬=소외'라는 공식이 맞아떨어지는 곳이다. 혼자 결정할 문제는 아니었지만 나는 아이들이 만나고 싶었다.

"선생님 학생들을 만나러 가겠습니다."

감사합니다, 고맙습니다. 여러 번 인사하셨다.

동료들에게 사정을 얘기하자 모두 나와 같은 마음이었다. 역시 마음이 따뜻한 직원들이다.

영흥도로 가는 길은 멀었지만 예뻤다. 끝없이 이어진 길을 따라가니까 학교가 나왔다. 선생님은 우리를 매우 반갑게 맞이해주셨고 아이들은 무슨 일일까 하는 표정이었다. 그날의 일정은 영흥도의 고등학교에 근무하시는 선생님의 관심으로 가능해진 것이다.

선생님의 열정이 없었다면 질 좋은 수업과 좋은 프로그램을 경험할 수 없었을 것이다. 짧은 시간 동안 특수학급에 모여 있는 학생들을 둘러보니 무기력해 보이는 학생, 껄렁한 태도를 보이는 학생, 반듯하게 앉아있는 학생, 여느 고등학교의 교실 분위기와 다르지 않았다. 모두가 장애인이라는 것만 달랐을 뿐이다.

그날 상담을 한 학생은 한 반에서 함께 수업 받는 지적 장애가 있는 쌍둥이였다. 어머니는 아이들이 어릴 때 가출을 했고 일용직으로 일을 하는 아버지 혼자 키우고 계셨다. 일하시다가 눈을 다치셔서 예전처럼 일하지 못해 형편이 더 어려워졌다고 했다. 그런 이유로 하여 쌍둥이들이 졸업 후에 취업만 한다면 가장 가까운 도심인 인천에 방을 얻어 주겠다고 하셨다.

쌍둥이들은 어릴 때부터 집안일을 서로 나누어서 하며 힘들게 일을 하시는 아버지를 도와드리는 착한 학생들이었다. 일상생활 능력도 양호하며 작업지시이해력이 우수했다. 당연히 평가 결과 취업이 가능한 수준으로 나왔다. 상담과 평가를 할 때는 모든 대상자를 같은 마음으로 대해야 하지만 나도 사람이다 보니 유독 관심이 가고 잘해주고 싶은 내담자가 있다. 쌍둥이들이 그랬다. 어쩐지 애잔하고 뭐라도 더 챙겨줄 게 없는지 생각하게 되었다. 담임선생님은 오래 근무할 수 있는 정규직을 추천해달라고 하셨다. 때마침 지적장애인을 구인하는 100인 이상의 사업장이 있어 선생님과 학생에게 소개해주면서 아버지와 상의 후 연락을 달라고 말하고 돌아왔다. 며칠 뒤 사무실에서 발달장애인 학생들을 위한 취업코칭 프로그램을 진행하였다. 학생들은 인천 시내로 가는 나들이조차 흔한 일이 아니기에 프로그램과 상관없이 육지로 나오는 것만으로도 좋아했다. 스타렉스를 몰고 학생들을 데리러 가는 내 마음도 가벼웠다.

안타깝게도 그 후로 쌍둥이의 소식이 끊겼다. 아버지가 청주에 새 직장을 구해서 이사했기 때문이다. 쌍둥이들은 지금쯤 성인이 되었을 텐데, 취업은 했는지 궁금하다.

덕적도는 백패킹, 낚시로 유명한 곳이라고 한다. 물에서 하는 놀이에는 영 취미가 없으니 평생 갈 일이 없는 곳이다. 인천 연안항여객터미널에서 배로 1시간 30분 들어갔다.

덕적도에 있는 학교는 중·고등학생을 합쳐서 전교생이 22명인 조그만 학교였다. 특수학급 교사의 말에 따르면 휠체어를 타는 뇌병변 장애 학생인데 취업을 희망하지만, 배를 타고 컨설팅을 받으러 가기에 어려움이 있다고 학교로 내방을 해달라고 하셨다. 그럴 때면 나는 고민하지 않는다. 소외된 지역의 내담자들에게 마음이 더 가기 때문이다.

출발하기 전날 밤 예보로는 하필 비가 오고 강풍도 분다고 했다. 마음이 불안해졌다. 집을 나설 때는 비가 내리고 있었고 인천항 여객 홈페이지에는 '대기'라는 글자가 떠 있었다. 아침 6시가 되니 안개대기로 메시지가 바뀌었다. 비는 그치고 강풍은 멈추었지만, 안개가 꼈다는 뜻이다. 배가 떠서 얼른 학생을 만나고 싶은 마음이 반, 출항이 취소되기를 은근히 바라는 마음이 반이었다. 일단 터미널로 향했다. 배는 하루 3번만 운행된다. 오전 8시 30분, 9시 10분, 14시 30분 학생을 만나 상담과 평가를 하고 모든 컨설팅을 마치고 육지로 오려면 가장 일찍 출발하는 8시 30분 배를 타야만 했다.

다행히 배는 순조롭게 운항이 되었고 걱정했던 뱃멀미도 없이 무사히 덕적도에 도착했다.

내가 상담한 학생은 뇌병변장애로 등록되어있으나 지적 중복장애 학생이었다. 상담과 평가 이후 선생님께 지적장애 재심사를 안내해드렸다. 지적장애 심사를 권했던 이유는 지적장애로 판정이 나면 학생이 앞으로 받을 수 있는 혜택이 많기 때문이다. 학생과 선생님께 진로에 대한 3가지 방향에 대한 컨설팅을 해드렸다. 역시 부모님과 상의 후 결정하라는 당부도 드렸다.

일정이 모두 끝나고 곧바로 인천으로 올 수가 없다. 인천으로 오는 마지막 배는 4시, 승선을 기다리는 동안 학교 근처를 둘러보았다. 학교 운동장에서 바라보는 바다가 정말 예뻤다. 마땅히 있을 곳이 없던 우리는 학교 선생님이 추천해주시는 작은 카페에 가서 커피도 마시고 특산물도 샀다.

관광객처럼 두 손 가득 지역특산물을 사고 배에 올라탔다. 아침보다 배 타는 것이 두렵지 않았다. 덕적도에 들어올 때만 해도 배가 전복되면 어떡하지 수영도 못 하는데 생각하면서 눈으로는 구명조끼의 위치와 배의 구조를 살펴보았으나 돌아오는 배 안에서는 긴장이 풀렸는지 세상모르고 잠을 잤다.

덕적도 방문은 우리가 보는 곳이 전부가 아니라는 것을 알게 해주었던 소중한 경험이었다. 인천에서도 1시간 30분 배를 타고 들어가야 하는 곳에 있는 장애인분들을 위해 서비스를 해드렸다는 뿌듯함보다는 그들에게 더 많은 서비스를 제공해줄 수 없다는 안타까움이 더 컸다. 앞으로도 소외된 곳에서 서비스 신청이 온다면 적극적으로 지원하려고 한다.

꽃과 잡초는
구분되는 것이 아니다.

잡초란 인간이 붙인
지극히 이기적인 이름일 뿐이다.
인간의 잣대로 해충과 익충을
구분하는 것처럼

그러나 인간이 뭐라고 하던
제비꽃은 장미꽃을

부러워하지 않는다.

이 세상에
예쁘지 않은 꽃은 없다.

정호승, 「예쁘지 않은 꽃은 없다」

송도 센트럴파크 공원에서 장애 관련 행사를 한 적이 있다. 장애 관련기관과 학교, 지자체가 함께 여는 행사로 '장애인과 비장애인의 구분을 넘어서는 함께'라는 의미로 진행되었던 행사였다.

그 행사에서 느꼈던 느낌을 정호승 님의 '예쁘지 않은 꽃은 없다'라는 시로 대신 표현하고 싶다.

각 학교에서 준비해서 온 학생들의 발랄하고 예쁜 모습, 장애 관련기관에서 시민들의 장애인식을 위해 설명하고 노력하는 모습, 행사를 위해 준비하고 애쓰는 지자체 담당자들의 모습, 어느 한 기관, 어느 한 사람도 밝지 않은 얼굴을 한 분이 없었다. 모두 기쁜 마음으로 행사에 참여하는 모습들이 예쁘지 않은 사람이 없었다. 이러한 모습들이 우리 사회가 바라는 장애인과 비장애인이 함께 어우러져 살아가는 아름다운 장면들이 아닐까 싶었다.

　인천대학교에서 봉사 나온 대학생들은 생수를 나누어 주면서 우리 몸에서 수분의 중요성을 강조하며 장애인, 비장애인 구분하지 않고 혈압을 재어주며 각종 건강체크를 도와주었다. 장애 인식개선을 위해 나온 한국장애인고용공단 직원들은 팜플릿과 각종 홍보 물품들을 나누어 주면서 장애에 대하여 낯설어하는 비장애인들에게 꼼꼼하게 설명을 해주었으며 행사를 하는 인근 고등학교 동아리에서 참여한 학생들은 이미 통합학급에서 수업해본 경험을 바탕으로 스티로폼에 준비해온 작품들을 소개하였고 행사 전날 늦은 밤까지 천막을 설치하고 행사가 사고 없이 진행될 수 있도록 지원하는 모습들을 보면서 그날 하루 나도 봉사활동에 참여하였지만 힘들지 않았고 오히려 뿌듯하게 행사를 마무리할 수 있었다.

　많은 장애인과 그의 가족 그리고 관련된 분들이 참석했다.
　누가 꽃인지, 잡초인지, 누가 제비꽃인지, 장미꽃인지 구분이 되지 않았다. 우리 모두 아름다운 꽃이면서 강인한 잡초였다.

4부

나는
발달장애인입니다

거북이가 느린가?
토끼가 빠른가?

이솝우화 속 거북이와 토끼의 경주 시합은 자만심에 가득 찬 토끼가 거북이를 무시하다가 결국 거북이가 승리하면서 느리지만, 꾸준히 목표를 향해 달리는 사람이 결국 승리한다는 교훈을 준다.

현장에서 매일 장애인을 만난다. 그중에서도 발달장애인을 제일 많이 만난다. 발달장애인[5]은 느리다. 행동이 느리고 인지하는 속도가 다른 사람들에 비해 느려서 새로운 정보를 전달하려면 시간이 많이 소요된다. 전달받은 내용을 이해하려면

---

5) 지적장애인, 자폐성장애인, 그 밖에 통상적인 발달이 나타나지 아니하거나 크게 지연되어 일상생활이나 사회생활에 상당한 제약을 받는 사람으로서 대통령령으로 정하는 사람.

반복훈련이 필요하다. 하지만 이해가 되면 그다음부터는 잘할 수 있다. 무슨 일이든지 눈치도 빠르고 재빠르게 일을 처리하는 토끼가 되기를 바라는 사람들을 많이 만나게 된다. 거북이는 느리지만 해야 할 일을 모두 하고 있다. 짝짓기도 하며 알도 낳아 기르고 생활하면서 수명도 길다. 거북이의 평균수명은 60년이며 장수거북이는 150년, 심지어 500년도 사는 거북이도 있다고 한다.

보건복지부 2021.4.19. 보도자료를 보면 지적장애인이 217,108명, 자폐성 장애인이 30,802명이다.

내가 만난 만 15세 이상의 발달장애인이 우리나라 장애인을 모두 대표하는 것은 아니지만, 평균 1년에 100명 이상 만나고 있으니 10년을 곱하면 어림잡아도 1,000명 이상을 만났다.

수많은 발달장애인을 만나면서 그들 중 누구도 똑같은 사람은 없었다. 첫인상이 모범생으로 보이는 학생, 춤을 좋아하고 노래를 듣는 것을 좋아하는 학생, 게임에 빠져있는 학생, 껄렁껄렁해 보이는 학생도 있고 차분하고 성실하며 다른 사람의 말을 경청해서 듣는 사람, 자신의 맡은 일을 성실히 수행하는 사람, 상대를 기분 좋게 하는 능력을 가진 사람, 자신보다는 상대를 먼저 배려하는 사람, 운동을 좋아하는 사람, 바이올린을 잘 켜는 사람 등 다양한 발달장애인을 만난다.

발달장애인이라고 하면 인지력뿐만 아니라 모든 분야에서 다소 능력이 낮은 사람으로 정의한다. 사회가 정의하였으니 우리는 그렇게 믿는다. 청각장애인의 경우에도 한쪽 귀가 안 들리는 사람, 양쪽 청력이 조금 낮은 사람, 한쪽만 인공와우 수술을 한 사람, 선천적 청각장애, 난청 때문에 청력손실, 사고로 인한 청력손실, 열과 경기 말미암은 청력손실 등 여러 유형이 있으며 수어를 사용하는 사람, 구어와 필담으로만 대화하는 사람, 문맹으로 수어도 할 줄 몰라 몸짓이나 입 모양으로 대화해야 하는 사람 등 의학적인 분류 외 개인별 특징도 다양하다. 예전에는 나도 그들의 특징에 대해서도 잘 몰랐다. 그들과 만나면서 비로소 그들을 이해하게 되었다.

사람들은 자기와 관련된 일이 아니면 관심을 두지 않고 남들이 전달해주는 정보가 사실인 줄 알고 믿는 경향이 있다. 발달장애에 관해 관심이 없던 사람들은 발달장애인은 지능이 낮으니 일상생활하기도 어렵고 일하는 것은 더욱 어렵다고 생각한다. 발달장애인에 대하여 갖는 편견이다. 장애인 채용을 장려하기 위해 찾아간 회사의 사업주는 "발달장애인도 일을 할 수는 있어요? 사고라도 나면 어떡하죠?"라는 질문을 제일 많이 하신다.

근로복지공단 산재발생 자료에 따르면 비장애인의 산재율이 높다는 통계가 있다. 장애인의 산재율이 높다고 알고 있기에 여러 유형의 장애 중 발달장애인은 더욱 산재율이 높을 것이라고 추측한다. 이 글을 읽고 계시는 분들도 장애인분들의 산재율이 더 높지 않느냐는 의심을 할 수도 있을 것이다.

장애인채용을 원하는 중소제조 업체가 있어서 업무를 분석하기 위해서 방문했다. 단순반복작업이지만 속도가 있어야 하는 작업으로 화장품 샘플을 비닐포장지에 넣는 작업이다. 회사에는 지체장애인분이 근로하고 있으나 너무 단순한 작업이라 지루하게 여기며 장기근무하지 못하고 이직하는 경우가 많아 사장님께서는 오랫동안 근무할 직원을 채용하고 싶다고 하셨다. "조금 익숙해서 같이 일 해보려고 하면 퇴사를 한다"라고 하신다. 업무를 둘러본 이후 사장님께 제안한다. "사장님 직무분석결과 회사 내 작업은 발달장애인도 충분히 수행할 수 있습니다. 발달장애인은 업무를 익히는 데는 지체장애인분보다 시간이 많이 소요되지만 단순한 작업에 대하여 지루해하는 경향이 적으므로 채용을 고려해보시면 좋겠습니다. 혹시 발달장애인분이 입사하여 근무를 제대로 할 수 있을까 걱정이 된다면 채용 전에 훈련의 시간을 갖고 채용 후에도 적응할 수 있도록 저희가 지원을 해드리겠습니다"라고 말하자 발달장애인 직원의 채용을 결정했다.

　현실은 토끼를 선호하는 사회이다. 거북이와 같은 발달장애인은 채용의 장면에서는 선호하는 장애유형이 되지 못한다. 한 번만 가르쳐도 일을 잘할 수 있는 사람들을 원한다. 채용현장에서는 한 번만 가르쳐도 할 수 있는 사람들이 그 일이 싫다고 금방 퇴직하는 경우를 자주 본다. 여러 번 가르쳐야 하지만 그 일이 좋다고 오랫동안 하는 발달장애인을 보게 된다. 때론 토끼와 같은 사람이 필요한 곳이 있고, 때론 거북이와 같은 사람이 필요한 곳이 있다.

　자폐성 장애인 학생을 취업시키기 위해 상담 및 평가를 한 적이 있다. 180cm가 넘는 키의 건장한 청년이었다. 예의도 바르고 자신이 한 번의 설명으로는 이해하지 못한다는 것을 알고 있는 학생이었다. 상담할 때에도 수첩에 무언가 열심히 받아 적던 친구였는데 면접을 갔을 때도, 입사를 위한 훈련을 할 때도 계속 상대방이 얘기하는 것을 놓치지 않으려고 받아 적고 있었다. 무엇을 적는지 볼 수 있느냐고 말하자 수첩을 보여주었다. 면접 시 주의사항, 취업하려는 회사의 특징, 자신이 해야 할 직무, 직무 시 주의해야 할 점 등 자신만의 특징으로 빼곡하게 적혀있었다. 반듯한 태도에 취업이 되었고 비장애인이 한두 번의 설명으로 할 수 있는 일을 여러 번 설명해야 했지만 누구보다 잘 적응하여 현재도 취업을 유지하고 있다.

나이가 들면 행동이 점점 느려지고 어눌해진다. 요즘은 나도 타고 다니는 차량 번호가 갑자기 생각나지 않아 주차비정산 시 당황한 적이 있다. 아파트 비밀번호가 생각나지 않아 잠시 현관에서 머뭇거린 적도 있고, 컴퓨터, 은행의 비밀번호는 수시로 잊어버린다. 물건을 어디 두었는지 기억이 나지 않을 때도 있다. 딸이 치매검사를 받아보는 것이 어떠냐고 말한 적도 있다.

행정안전부 2021.6.30. 현재 우리나라 주민등록인구 중에서 50대가 16.6%로 가장 높으며 10년 뒤에는 50대 이상 인구가 전체인구의 절반 이상을 차지할 것으로 보고 있다. 고령화 사회[6]에서 초고령화 사회[7]로 진행 중인 우리나라는 노인 인

---

6) 총인구 중에 65세 이상의 인구가 총인구를 차지하는 비율이 7% 이상인 사회.
7) 총인구 중에 65세 이상의 인구가 총인구를 차지하는 비율이 20% 이상인 사회.

구가 많아지고 있다. 우리 사회도 점점 거북이가 많은 세상이 이미 왔다. 우리가 이름만 대면 알만한 성공하신 분들을 보면 절대 일을 빠르게 처리하지 않는다. 생각하고 또 생각하고 고민하고 신중하게 처리하며 빠른 판단력보다 신중한 판단이 결국 성공한다는 것을 알기에 매사에 신중히 천천히 결정한다.

거북이는 자신의 단점을 알고 있다. 느린 것을 알기에 느리지만 쉬지 않고 꾸준히 가는 인내와 끈기가 있다. 토끼와의 경기는 이길 수 없는 게임이라고 포기하지도 않는다. 경기는 끝까지 해봐야지 알 수 있다는 생각으로 도전하며 실행한다.

우리사회는 미친 듯이 빠르게 변화하고 있다. 종종 너무 빠른 기술과 정보력이 힘에 버거워 따라갈 수가 없다. 발달장애인도 사회의 속도에 맞추어 빠르게 적응하고 있다. 요즘 발달장애인은 스마트폰, 컴퓨터 사용 능력은 고령 인구보다 잘 다룬다. 그렇다고 해서 그들이 노인들보다 인지력이 높다는 것이 아니라 그만큼 사회가 변화하는 속도에 맞춰 발달장애인도 변화에 맞추어 생활하고 있다는 것이다.

내가 만나는 장애인 부모 중 나이가 많으신 분들은 자녀가 휴대전화, 컴퓨터를 자신보다 더 잘하고 핸드폰으로 게임도,

노래도 듣는다고 자신보다 훨씬 지능이 좋다고 말씀하시는 분들도 계시지만 이것은 태어날 때부터 휴대전화를 보고 자랐던 세대의 특징인 것뿐이다.

사람마다 성격, 외모, 태도, 인성이 다른 것처럼 성실한 태도와 바른 자세를 가진 사람은 취업이 된다. 비발달장애인, 발달장애인도 바른 인성을 가지고 열심히 노력하는 자는 사회에 인정을 받고 성공한다. 그리고 성공의 의미는 각자 다르다.

발달장애인은 대체로 느리다. 하지만 분명 잘하고 좋아하는 것이 있기에 그들의 잠재력을 찾아서 발휘할 수 있도록 한다면 그 분야에서는 토끼를 이기는 거북이가 될 수 있다.

'다름'

'다르다'와 '틀리다'

일부 사람들은 '자신이 생각하는 것과 다르면 틀리다'라고 생각하는 경향이 있다.

'다르다'의 사전적 정의는 '비교가 되는 두 대상이 서로 같지 아니하다.', '틀리다'의 사전적 정의는 '셈이나 사실 따위가 그르게 되거나 어긋나다.' 또는 '보통의 것보다 두드러진 데가 있다.', '다르다의 비표준어'로 정의한다.

아마 두 번째, 세 번째 정의 때문에 다르다를 틀리다로 알고 있는 것 같다.

장애인식교육을 할 때 가장 많이 사용하는 단어가 '다르다'와 '틀리다'이다. 특히 청소년을 대상으로 교육을 할 때는 단어의 의미를 생각할 수 있는 시간을 가져보도록 유도한다. 청소년은 사회로 나오기 전의 단계이다. 성인대상으로 장애인식개선 교육을 하기는 쉽지가 않다. 하지만 생각이 유연한 청소년의 경우 강의자의 의도와 생각을 수용하려는 태도를 가지고 귀를 기울인다.

장애인식교육을 제대로만 한다면 앞으로 우리사회는 장애인에 대한 인식이 한층 높아질 것으로 생각하기 때문에 나는 청소년 교육에 더욱 열을 올린다.

딸이 초등학교 때였다. 나는 장애인 관련 기관에 근무하고 있으며 반 아이들을 위해 장애인식교육을 비용 없이 하겠다고 담임선생님께 제안한 적이 있다. 하지만 교감 선생님의 답변이 의외였다. 현재 학교에는 장애인 학생이 한 명도 없어서 교육할 필요가 없다고 말했다. 그때는 학생들을 가르치는 교사조차도 이런 인식을 하고 있었던 시절이었다. 그러니 그 외 사람들은 어떤 생각을 했을지는 짐작이 가능하다.

현장에서 일하면서 장애인식교육의 필요성을 많이 느꼈기에 큰아이가 중학생이 되었을 때 다시 제안했다. 담임선생님께서 허락하여 연차를 내고 교육을 하러 갔다. 생각 외로 아이들은 교육에 집중했다. 담임선생님의 수업을 듣지 않는다는 즐거움이 더욱 컸겠지만 이제까지 장애인에 대한 교육을 제대로 받아보지 못한 아이들이라 우리가 친숙한 세종대왕, 김*중 대통령, 스티븐호킹 등 사진을 보여주면서 장애에 대한 유형과 특징에 대하여 설명해주면서 친구들과 마주 보고 외관상 서로 공통점을 찾아보라고 했다. "에이 형제도 아닌데 어떻게 같은 점이 있어요, 없어요"라고 대답하며 해맑은 모습을 보였다. 각자의 생김새가 다르듯이 장애도 우리와 다른 모습을 가진 것이라고 설명하자 아이들이 쉽게 이해했다.

우리는 다르다. 생김새도 성격도 자란 배경도, 부모도 모두 다르다. 마찬가지로 장애도 나와 다른 것뿐이다. 그때의 아이들이 장애는 틀린 것이 아니라 다르다는 것을 아는 멋진 사회인이 되었기를 바라본다.

우리 사회가 장애인에 대한 인식을 위해 노력한 지는 불과 몇 년 되지 않는다. 동네에 초,중,고가 들어오면 아파트값이 상승하므로 새로 아파트를 짓는 신도시에는 학교를 지어달라는 요구가 많다. 하지만 어느 도시도 특수학교를 지어달라고 요청하는 곳은 본 적이 없다. 오히려 장애인 관련 기관이 우리 집 앞에 생긴다고 하면 혐오시설이라고 피켓을 들고 시위를 하는 모습을 보았다. 그런 모습을 보면서 그들을 욕하는 사람에게 그러면 당신 동네에 생기는 것은 괜찮으냐고 물으면 안 된다고 하는 이중적인 모습을 보인다. 아직도 인식이 바뀌지 않는 모습이 안타깝기만 하다.

장애는 틀리다가 아니고 다름을 인정할 때 우리 사회가 더욱 건전해진다는 것을 알았으면 좋겠다. 다름의 문화는 장애에 국한되지 않는다. 학교, 직장, 사회, 정치, 경제, 문화 등 우리 사회 곳곳에서 다름의 문화를 받아들이고 인정하는 캠페인이 확산하였으면 하는 바람이다. 곧 실현될 것이라고 기대해본다.

장애인분들이 자신의 장애를 수용함에서 있어 선천적인 장애인 보다 후천적인 장애인이 더 시간이 소요되는 경향이 있다. 모든 분이 그렇지는 않지만 대부분 태어날 때부터 장애인으로 태어나면 부모도 장애인 당사자도 장애를 받아들이는 시간이 빠르지만 10년, 20년 때론 50년 이상 비장애인으로 살다가 불의의 사고나 질병으로 장애를 가진 분들의 경우에는 자신의 장애를 받아들이는데 무척 힘들어하신다. 이럴 때 부모나 가족들의 지지와 배려가 있으며 좀 더 빨리 장애를 인정하고 수용하며 사회에서 장애인으로 살아가야 할 준비를 하게 된다.

선혁이는 초등학교 5학년 때 교통사고로 뇌 손상을 입은 경우였다. 뇌손상 외 신체적인 손상은 치료를 통하여 모두 완치가 되었으나 사고 이후 인지력이 많이 떨어지게 되었다. 선혁이 부모님은 초등학교를 졸업시키고 다른 친구들처럼 중학교와 고등학교를 일반학교로 보냈으며 고1 때부터 특수학급의 수업을 권유하는 선생님의 말씀도 듣지 않으셨다. 그러나 고3이 되고 다른 친구들처럼 수능으로 대학입학도 어렵고 당장 군대 문제도 다가오니 부랴부랴 장애등록 신청을 했고 지적장애 판정을 받았다. 장애당사자가 장애를 인정하는 것은 쉬운 일이 아니다. 그래서 옆에 있는 가족들의 정신적, 물리적 도움이 필요하다. 선혁이 부모님 두 분 모두 장애의 다름을 인정하지 않아 선혁이도 지적장애인이라는 것을 받아들이지 못했다.

"선혁아 고3인데 졸업 후 무엇을 할 계획이야?"

"네 선생님 저는 ○○ 대학 건축학과를 갈 거예요."

"그래 선혁이는 지금 몇 등급이야?"

"몰라요."

"그럼 ○○ 대학 건축학과는 몇 등급이 지원하는 거야?"

"몰라요. 5등급인가? 아닌가? 모르겠어요?"

"그럼 선혁이는 대학 졸업 후에는 무엇을 할 계획이야?"

"군대 가야죠. 그리고 취업을 해서 연봉은 1억 정도 받고 싶어요"라고 했다. 자신의 성적이 어느 정도인지, 대학수능 등급이 어느 정도 되어야 하는지, 군대는 가서 무엇을 하는지, 사회초년생의 급여 수준이 어느 정도인지 등 개념이 많이 부족하다. 선혁이가 이런 상황에 놓이게 된 것은 선혁이의 부모님의 영향이 매우 컸다고 말씀드리고 싶다. 선혁이 부모님께서 의사의 진단에 따라 지적장애인 등록을 하고 특수학교나 일반학교 특수학급에서 수업을 받게 하고 천천히 장애를 수용하는 연습을 해야 했다. 하지만 선혁이 부모님은 장애의 다름을 인정하지 않고 장애를 틀리다고 생각하고 거부했다. 선혁이 가족이 조금 더 일찍 다름을 인정하였다면 하는 아쉬움이 있지만 늦게나마 인정을 하였다는 것을 다행스럽게 생각한다.

평생 비장애인으로 살다가 갑자기 장애인이 되었을 때 장애를 수용하는 것은 쉬운 일이 아니다. 내 자식이 장애인이라는 것을 인정하고 싶지 않다. 그건 절대 쉬운 일이 아니다. 하지만 당사자와 가족이 먼저 다름을 인정해야 한다.

당신이 장애인 자식을
낳아 길러 보았어?

"○○ 병원으로 오셔야 하겠습니다."

수화기 너머의 소리를 듣는 순간 가슴이 뛰고 손이 떨려 회사에 제대로 말도 못 하고 휴대전화와 지갑만 챙겨 얼른 병원으로 향했다. 가는 내내 아이 상태가 어떤지 끊임없이 물었다. 남편에게도 사고를 알리며 정신없이 병원에 도착했다. 헐레벌떡 도착한 나를 보자 아들은 웃으면서 괜찮다고 했지만 무릎 아래쪽에서 출혈이 있었고 치료를 모두 마친 상태였다. 아이가 아무 사고 없이 건강하게 자라는 것만으로 감사하면서 살아가다 보니 공부, 내신, 학원 등으로 아이를 내몰고 있는 또래의 엄마들보다는 다소 유연하게 키운 편이다. 아들이 웃는 모습을 보면서도 불안했던 마음은 가라앉지 않았지만, 타박상 정도라는 의사선생님의 말씀을 듣는 순간 모든 걱정이 사라졌다.

남편 회사에 큰 사고가 아니라는 전화를 하고 아들과 집으로 가는 길에 병원 밑 상가에 들러 평소에는 사주지 않던 피자를 사줬다. 아이를 키우면 지옥과 천당을 오가는 경험을 한다.

현장에서는 발달장애인을 많이 만난다. 그들의 취업을 위한 상담을 하면 부득이하게 가족에 관한 얘기까지 듣게 된다. 발달장애인은 일상생활이나 사회생활에서 상당한 제약을 받다 보니 어쩔 수 없이 비장애인 보다 부모의 개입이 많은 편이다.

아이가 신발의 왼쪽, 오른쪽을 바꿔 신거나 약속시간이 다 되었는데 옷을 혼자 입겠다고 고집을 부리면 대부분의 부모는 그 시간을 기다리지 못하고 강제로 옷을 입히거나 신발을 신기는 경험을 한 번쯤 해 봤을 것이다. 아침에 아이를 유치원에 데려다주고 회사에서 돌아오면 씻고 먹고 재워야 하는 나도 아이에게 많은 기회를 주지 않았다. 내가 하는 것이 훨씬 수월하고 빠르다는 걸 알기 때문이다. 하지만 아이러니하게 발달장애인 부모들에게 교육할 때에는 자녀에게 그렇게 하면 안 된다고 말한다.

발달장애인 부모교육이 있는 날에는 현장에서 느낀 점을 짧은 시간 안에 최대한 많이 전달해주려고 노력한다. 발달장애인 부모교육 요청이 있어 일산에 있는 학교로 향했다. 교육이 막바지에 이르렀을 때 갑자기 어떤 어머니가 "그럼 강사님은 장애인 자식을 낳아서 길러 보았어요?"라고 말씀하셨다. 장애인 자식도 낳아서 키워보지도 않았으면서 무슨 교육을 하겠다는 거냐는 뜻이었다. 순간 나는 얼음이 되었다. 그분이 만족할 만한 답을 찾을 수가 없었다. 그 어머니의 말씀처럼 나는 장애인 자녀가 없지만 장애인 자녀를 둔 엄마가 내 엄마였기에 발달장애인 부모가 얼마나 힘이 드는지 자녀를 키우면서 얼마나 노심초사하는지 안다. 나는 그것을 보고 자랐다.

그날 이후 같은 질문이 나오면 당신의 자녀에 대하여 제일 잘 알고 있으니 당신들이 전문가라고 말씀드린다. 다만 부족하지만, 현장에서 느낀 점을 전달해 드리려고 노력한다. 당신들이 직면한 어려운 문제도 온 힘을 다해 해결해 드리겠다고 말한다. 그날은 부모교육의 전환점이 된 날로 기억된다.

그 뒤로부터 내가 하고 싶은 말보다는 그들에게 필요한 정보를 전달해주려고 한다. 그 어머니는 나에게 하소연을 하고 싶었던 것인데. 발달장애인 자식을 낳아서 지금까지 키우는데 얼마나 힘이 들었는지 알아달라는 신호를 보낸 것인데, 그때 그분의 말에 공감해주고 힘든 점이 무엇이었는지 물어봐주지 못한 게 아쉬움으로 남아 있다.

유치원 간 아이가 다쳤다거나 아프다고 연락이 오면 죄인의 심정으로 연차를 냈고 유치원으로, 병원으로 달려가야만 했다.

종일반 선생님께 죄송하다고 몇 번이고 인사를 드린다. 퇴근하고 아이 혼자 교실에 덩그러니 앉아 있는 모습을 보면 왈칵 눈물이 쏟아진다. 지금 생각하면 하나의 사건에 지나지 않지만, 당시는 가슴을 쓸어내리거나 미안하거나 당황스러운 상황이었다. 직장을 다니면서 비장애인 아이를 키우는 일도 이처럼 힘든 고비를 몇 번이고 넘기는데 장애인 자녀를 키우는 부모님은 얼마나 고생스러웠을지 상상이 가지 않을 정도이다.

그동안 만난 장애인 부모님께서 이구동성으로 하는 말씀이 있다. 자녀보다 딱 하루만 더 살다 갔으면 좋겠다고 하신다. 보통의 부모들은 자식을 먼저 보내면 안 된다고 생각하지만,

장애인 부모님은 내가 죽으면 우리 아이는 어떻게 될지 걱정이라고 말한다. 자녀가 오늘 죽는다면 부모인 자신은 내일 죽기를 바란다고 말한다. 장애인 자녀를 혼자 남겨두고 가는 걱정이 얼마나 클지 짐작이 안 된다. 장애인 자녀를 키우는 부모님 특히 어머니께(아직 양육은 아버지보다 어머니인 경우가 많은 것 같다) 존경의 마음을 전하고 싶다. 어머니 당신은 정말 대단하신 분입니다. 스스로를 대견하게 여기며 당당하게 살아가기를 바랍니다.

통합 반 vs 도움 반(특수학급)

장애인 상담을 하면 내담자에게 꼭 묻는 말이 있다.

"도움 반은 언제부터 다니셨나요?" 상담 시 장애인분에게 도움 반은 언제부터 다녔는지 물어야 한다고 알려준 교수님도 없었고 전공서적 어디에도 적혀있지 않지만, 현장에서 오랜 기간 상담을 해보니 도움 반을 들어간 시기가 장애인분의 성격과 인성에 많은 영향을 미친다는 사실을 알게 됐다.

학교를 다녔을 때의 얘기를 묻지 않으면 그들도 또한 어릴 적 사건이나 상황을 설명하지는 않는다. 그래서 장애인분과 충분히 라포8)가 형성되었다고 생각되면 학교생활과 교우관계에

---

8) 상담이나 교육을 위한 전제로 신뢰와 친근감으로 이루어진 인간관계이다.

대하여 질문을 한다.

내가 경험한 장애인분들의 상당수가 초등, 중등 시절에서 통합 반에서 수업을 받으면서 친구들에게 왕따를 당하거나 심하게는 폭언, 폭행을 당했다고 표현하는 분들이 생각보다 많다. 학교에서 당했던 일들을 부모님께 말하지 않았다는 아이들도 많다. 물론 내가 만난 장애인분들의 사례가 우리나라 장애인의 사례를 대표하는 것이 아니라는 점을 밝혀둔다.

지적장애인의 학창시절 이야기를 들으면 타임머신을 타고 가서 그때 괴롭혔던 친구들을 모조리 혼내고 싶어진다. 부모님께 말씀드려 특수학교나 도움 반에서 수업 받을 것을 권유하고 싶다. 만약 부모님께서 반대한다면 좀 더 강력하게 말씀드릴 것이다.

특수학교는 상애 학생들만 수업을 받는 곳이고 일반학교는 통합 반과 도움 반이 있다. 통합 반은 장애인과 비장애인 학생이 함께 수업을 받고 도움 반은 장애 학생들만 수업을 받는 학급이다.

일부 부모님께서는 내 자녀가 비장애인과 함께 수업을 받고 비장애인과 함께 생활하면서 그들과 비슷하게 성장하기를 바라서 통합 반 수업을 고집한다. 통합 반에서 사회적응 연습을 하는 기회가 되기를 바라고 장애 학생들만 모여서 수업을 받는 것보다 보고 배우는 것이 많을 것이라는 생각을 하는 것이다.

발달장애는 신체 및 인지 영역에서 발달이 지연된 자이다. 수업진도를 따라가기가 어려운 것이 분명하다. 통합 반 수업을 받게 되면 수업을 이해하지 못하고 그룹 활동을 하게 되면 자신의 의견을 제시하기도 어렵다. 그래서 친구들에게 왕따를 당하고 점심도 혼자 하고 쉬는 시간에도 혼자 지내며 집에 갈 때도 혼자 간다. 점점 학교 가는 것이 싫어지지만, 꾹 참고 6년을 지낸다. 발달장애인 대부분은 학교 가는 것이 지옥 가는 것처럼 힘들었다고 말한다.

"그렇게 힘들었는데 부모님께 왜 말하지 않았어요?"

"엄마가 알게 되면 힘드실까 봐요." 엄마가 힘드실까 봐 얘기하지 않았던 조그만 남자아이를 생각하니 가슴이 너무 아파졌다.

"학교에서, 친구들에게서 받은 스트레스는 어떻게 풀었어요?"

"그냥 혼자 마음속으로 가지고만 있었어요. 저만 조용히 있으면 되잖아요." 내가 만약 지훈이 엄마였다면 그래서 이런 얘기를 들었다면 정말 억장이 무너졌을 것 같다. 그리고 당장 학교로 달려가 체면도 모두 무시하고 악을 쓰고 소리를 질렀을 것 같다.

"지훈 씨 선생님께는 왜 얘기하지 않았어요?"

"처음 몇 번 선생님께 말씀드렸고 선생님도 자신을 괴롭히는 친구들을 혼냈으나 나중에는 선생님께도 말씀드리지 않았어요."

"친구들이 어떻게 괴롭혔는지 말해줄 수 있나요?" 하자 그때의 기억을 생생히 기억한다. 작은 아이가 혼자 감당했을 고통을 생각하면 피가 거꾸로 흐른다.

아들의 반에도 장애등록은 하지 않았지만 도움 반에서 수업을 받았으면 하는 아이가 있었다. 그 아이는 아들과 같은 조가 되었고 쉬는 시간, 점심시간마다 틈틈이 연습을 했다. 수행평가 날이 올 때까지 방과 후에 남아서 연습을 함께했다. 어느 날 아들이 말했다. "엄마 재혁이 때문에 우리 조는 망했어. 걔는 몇 번을 가르쳐줘도 제대로 못 해. 그리고 어제 분명히

했었는데 오늘 보니까 또 동작을 잊어버렸어. 오른발 내야 할 때 왼발을 내고 기초적인 것도 못해. 조원들 모두 짜증이 났어"라고 말했다. 재혁이 때문에 수행평가 점수를 못 받을 것 같다면서 재혁이는 잘하려고 노력도 하지 않는 아이라고 말했다.

나는 아들을 앉혀놓고 발달장애인에 대한 설명을 해줬다.

"아들아 엄마가 일하는 곳이 어떤 곳인지 어떤 사람들에게 서비스하는지 알지? 지금 너와 같은 조에 있는 재혁이는 장애 등록은 하지 않았지만, 인지력이 다소 낮아서 새로운 동작을 익히려면 너희보다 연습을 더 많이 해야 해." 아들은 이해하지 못했다. 재혁이는 장애등록도 안 했는데 어떻게 장애인이냐며 재혁이가 연습을 게을리해서 그렇다고 했다. 장애가 있으면 도움 반에 가면 되는데 안 가는 것을 보면 장애가 없는 거라며 재혁이를 점수에 관심이 없는 아이로 여기고 있다. 아들의 말처럼 학교에는 도움 반이 있다. 담임선생님께 전화를 드려서 내가 하는 일에 대해 설명을 하고 조심스럽게 재혁이에 관한 말을 꺼냈다. 담임선생님의 의견 또한 재혁이가 지적능력이 낮아 수업진도를 따라가기 힘들다고 하셨다. 재혁이 어머니께 도움 반 수업을 들을 것을 말씀드렸으나 수긍하지 않으셔서 다시 말씀드리기가 어렵다고 하셨다. 좋은 의도로 말씀을 드렸다가 오히려 화근이 될 수 있다면서 재혁이 어머니의 결정에 따를 수밖에 없다고 하신다.

　나는 아들의 수행평가 점수가 걱정되지 않는다. 오히려 재혁이가 받게 될 상처와 혼자 감당해야 할 상황들이 걱정된다.

　많은 부모님께서 자녀가 장애가 있어도 도움 반에서 수업을 받기보다 통합 반에 수업받기를 원하신다. 자녀가 얼마나 힘들게 학교에 다니는지 모른다. 가끔 아이가 힘들다고 말하면 참고 지내라, 무시하라고 설득한다. 때론 학교로 찾아와 담임선생님과 상담을 하고 같은 반 친구들에게 아이를 잘 부탁한다는 메시지를 전달하는 부모님도 계신다. 집에 가서 학교에서 있었던 부당한 대우에 대해 얘기를 하는 자녀는 그나마 다행이다. 힘들다고 표현하지 못하는 친구는 혼자 힘든 과정들을 밟아간다. 어떤 부모님은 그런 힘든 시간도 과정이라고 생각하시고 넘어가야 할 산이라고 생각하시는 분들도 계시지만 분명한 것은 아이는 상처를 받으며 힘든 시간을 보낸다는 사실이다. 성인이 된 후에도 트라우마로 남아 힘들어한다. 심리치료가 필요한 경우도 많다. 내가 교육전문가는 아니라서 통합교육이 좋다 나쁘다 하는 것을 말할 수는 없다. 그리고 논란이 되는 상황도 원하지 않는다. 다만 당신의 자녀가 통합 반에서 어떻게 지내고 있는지 그들이 행복한지 힘든지 꼭 확인하고 아이가 원하는 곳에서 교육을 받게 하는 것이 중요하다고 생각한다. 그것은 통합 반이든 도움 반이든 상관없다.

선생님 마음이 아파요

금방이라도 울 듯한 표정을 지으며 "선생님 마음이 아파요." 하고 발달장애인 여성분이 말했다. 친구들이 식판에 물을 부은 일, 담임선생님께서 안 볼 때 자신을 꼬집고 선생님께 이르면 가만두지 않겠다고 했던 일, 하교 길에 따라오면서 바보라고 놀리고 몸을 세게 밀친 일, 그 생각만 하면 지금까지도 마음이 아프다고 했다.

그 말을 듣고 있자니 내 마음에서도 서서히 눈물이 차오른다.

발달장애인분들과 상담을 하면서 나는 습관처럼 질문한다. 혹시 학교에 다닐 때 괴롭힘을 당하거나 힘들었던 적은 없었는지, 심리치료사는 아니라 치료를 해줄 수는 없지만, 그들이 무엇 때문에 아파하고 힘들어하는지 공감하고 위로해주고 싶어서다. 이야기를 들어 줄 사람이 없어 마음속에 묻어 두고 있는 상처는 가슴 한쪽에 응어리로 남아있다. 그 이야기를 들어주는 것만이 유일하게 내가 해줄 수 있는 일이다.

마른 체형에 점잖아 보이는 남성분이 오셨다. 상담을 하다 보면 자연스럽게 성장 과정, 가족관계, 취미 등 신상에 대한 질문들을 하게 된다.

"민재 씨는 초등학교 때 어떤 아이였어요?"

"네, 저는 그저 조용히 있는 학생이었습니다."

"기록을 보니깐 초등학교 때는 특수학급을 다니지 않았는데 친구와의 관계는 좋았나요?"

"네네, 좋았어요."

"하지만 엄마가 학교에 온 뒤로 선생님께서 저를 힘들게 했어요." 하고 말했다. 민재 씨는 편식이 매우 심했다고 한다. 급식으로 받은 점심이 맛이 없어 거의 먹지 않았다고 했다. 하지만, 선생님께서 편식을 하는 민재 씨를 이해하지 않고 다 먹지 않으면 수업에도 참석할 수 없고 집에도 갈 수가 없다고 말했다고 했다. 점심시간이 끝나도 민재 씨의 책상 위에는 식판이 그대로 있었고 심지어 하교할 때까지 밥을 전부 먹지 않으면 내일 다시 먹어야 한다고 말했다고 한다. 학교에서 있었던 일을 엄마에게 얘기한 뒤로 엄마와 담임선생님 사이에 갈등이 생겼고 그 뒤부터 선생님께서 민재 씨를 더욱 힘들게 하였다고 했다. 담임선생님은 상급반 선생님께도 나쁜 소문을 내셨고 결국 초등학교를 졸업할 때까지 혼자 지내게 되었다고 한다. 한쪽 이야기만 듣고 판단해서는 안 되겠지만 이와 비슷한 이야기를 자주 듣게 된다. 선생님들의 노고를 모르는 바는 아니지만, 장애가 있는 학생에게 조금 더 세심하게 배려했으면 하는 바람이 있다.

딸이 초등학교 때도 비슷한 일을 목격한 적이 있다. 당시만 해도 저학년은 급식 도우미 어머니가 급식을 도왔다. 학교 식당이 없던 그 학교는 음식을 밥차에 싣고 와서 급식 도우미 어머니들이 교실에서 음식을 나누어 주었다. 그날은 내가 급식 도우미였다. 여자아이들은 김치나 자기가 싫어하는 반찬이 나올 때는 나에게 눈빛으로 신호를 보낸다. "**어머니 김치 아주 조금만 주세요, 깻잎 반찬 1장만 주세요"라고 눈으로 말하면 나는 얼른 알아채고 조금만 준다. 비엔나소시지, 돈가스 등 좋아하는 반찬이 나올 때는 눈으로 조금만 더 달라는 메시지를 보낸다. 한눈에 봐도 몸집이 작아 보이는 아이가 '조금만 주세요.' 하는 신호를 보내왔다. 나는 금방 알아차리고 정말 조금만 주었다. 그러나 그것도 먹기 힘든지 점심시간이 끝나도 다 먹지 못하고 있었다. 아이들의 식습관을 교육한다는 철학이 매우 철저한 선생님이었는지 식판에 있는 음식을 절대 남기면 안 된다고 하셨다. 결국, 아이는 점심시간이 끝날 때까지 다 먹지 못했다.

딸에게 그 뒤의 상황을 들어보니 그 친구는 아이들이 청소하는 동안까지도 밥을 계속 먹었다고 했다. 그날의 일을 그 아이의 엄마가 알았다면 어떤 심정이었을까 함부로 참견할 일이 아니라 그냥 넘겼지만 15년이 지난 지금까지 기억에 남아 있는 것을 보니 당시의 마음이 꽤 묵직했던 모양이다.

"집에서는 누구와 대화를 가장 많이 하세요?"

"고양이요, 저는 고양이와 얘기를 제일 많이 해요, 아빠는 늦게 오시고 엄마는 늘 바쁘시고 형은 거의거의 집에 없어요."

"주말에도 부모님께서 회사에 가시나요?"

"아니요, 집에 계시지만 각자 방에서 얘기는 거의 안 해요."

"그럼 의논할 일이 있으면 누구와 하나요?"

"그냥 혼자 해결하거나 말을 안 해요."

청소년과 부모의 하루 대화 시간이 15분이라는 뉴스를 들었다. 장애인, 비장애인 구분 없이 가족 내 대화가 점점 없어지는 것은 사실인 것 같다. 발달장애인 학생은 비장애인 학생보다 혼자 해결하지 못해서 가족들의 도움이 절실히 필요할 때가 많다. 누구보다 관심이 많이 필요하지만, 현실은 그렇지 못한 실정이다.

얼마 전 지하철 안에서 소란 상황을 만드는 자폐성 장애인을 보았다. 다른 승객들에게 방해가 되고 있었다. 자폐성 장애의 특성을 알고 있는 사람이라면 그분이 하는 행동이 예의가 없어서, 공중도덕을 지키지 못해서가 아니라는 것을 알겠지만, 장애에 대한 이해가 없는 경우에는 경로석에 앉아계시던 할아버지처럼 말씀하신다.

"어이 거기 청년 다른 사람들에게 방해되니 가만히 있어야지, 소리는 왜 그렇게 지르는 거야, 어이 청년 가만히 있으라고." 할아버지의 목소리는 점점 커져 오히려 자폐성장애인 청년보다 더 큰소리를 내셨다. 할아버지가 오히려 승객들에게 방해되는 그야말로 역전의 순간이 온 것이다.

"젊은 사람이 왜 그래." 잠시 뒤 할아버지는 장애가 있다는 것을 눈치 챈 것 같았지만, 그냥 넘어가지 못하고. "저렇게 남에게 방해되면 집에나 있지 왜 돌아다녀, 부모는 뭐 하는 사람들이야"라고 하신다.

우리는 예정된, 준비된 장애인이다. 누구나 장애인이 될 수 있다. 하지만 사람들은 그런 일이 나에게는 혹은 우리 가족에게는 오지 않을 일이라고 생각한다. 다시 한번 강조하지만 우리나라에 등록된 장애인은 2,633,000명[9]이다. 그중에서 88.9%가 후천적 장애인이다. 우리도 사고와 질병에서 벗어날 수 없다. 누구나 장애인이 될 수 있다는 사실을 부정할 수 없는 이상 장애인에 대한 시선과 인식을 바꿔야 한다.

9) 보건복지부 2020년 등록장애인 현황.

딸과 아들은 5살 터울이다. 유아기에는 친정엄마가 양육해 주었고 어린이집에 갈 때쯤에는 내가 돌봤다. 급한 일이 생길 때는 가족들에게 도움을 요청하였고 업무상 2~3일의 소요되는 일정이 있거나 을지훈련 등으로 야근할 때면 언니와 엄마에게 미리 부탁했다. 혼자 감당하기 어려워 늘 아등바등했다.

특수학교나 특수학급에 가는 날이면 7~8명의 장애 학생을 지도하는 선생님의 노고에 절로 감탄이 나온다. 요즘은 정교사 외 보조교사도 있어서 식사 때도 도와주는 분이 계시지만 2006년 입사 당시만 해도 지금과는 달랐다. 수업 중 학생이 바지에 실수라도 하면 샤워장에 가서 씻겨주는 일도 혼자 식사를 할 수 없는 학생들에게 밥을 먹이는 일도 다 선생님의 몫이었다. 교사라기보다는 보모로 보일 정도였다. 일반학급에서는 감히 상상할 수도 없는 일을 하고 계신다. 나 또한 특수학교로 상담을 가지 않았다면 특수교사는 단지 장애 학생을 가르치는 선생님으로만 알고 있었을 것이다.

특수학교 교사는 엄마이자, 보모, 교사, 안전요원이기도 했다. 야외 수업을 갈 때면 사고가 나지 않게 하느라 완전히 녹초가 되었다. 특수학교 교사는 정말 아무나 하는 것이 아니라는 생각이 든다. 장애인 관련기관에 입사하여 상담과 평가만 하는 것이 다행이라는 생각마저 든다. 요즘은 코로나로 일반학급 학생들은 격일, 또는 격주로 등교하지만 도움 반 학생들은 매일 등교를 하므로 더 힘든 실정이다.

특수교사의 애로사항은 이뿐만이 아니다. 학교에 자녀를 보냈으니 모든 책임을 넘기는 학부형 때문에 힘들다고 했다. 물론 모든 장애 학생 부모가 그렇다는 것은 아니다. 때로는 학생들을 차별한다고 오해를 받기도 하는 모양이다. 학생들이 부모에게 학교에서 있었던 일을 전달하는 과정에서 생긴 부모님의 불만이 교사에게 향하는 날이면 학생들을 지도하는 일에 회의를 느낀다고 했다. 일반학교에서도 충분히 있을 수 있는 일이지만 특수학교 교사라서, 가르치는 학생이 장애가 있어서 받는 오해는 더욱 힘들다고 하셨다.

나는 선생님의 말씀에 깊게 공감한다. 장애인 관련기관에 근무하면서 내 말이 의도와 다르게 전달되거나 엉뚱한 오해를 할까 봐 걱정한다. 우리 기관을 직접 찾아오는 분들은 그나마 스스로든 아니면 다른 사람의 도움을 받아서든 기관을 방문할 정도의 장애를 가진 분들이다. 하지만 특수학교는 혼자 대소변을 가리지 못하는 학생도 있고, 혼자 식사를 하지 못하는 학생도 있어서 교사들의 애로사항은 말할 수 없이 크다.

특수학교 교사는 사명감으로 일하는 사람들이다. 아무리 생계형 직장인이라도 장애 학생에 대한 배려 없이는 절대 오랫동안 일할 수 없다. 이 기회를 빌려 특수학교 교사들께 감사함 마음을 전하고 싶다.

선생님 감사합니다.

재현이의 첫 출근

재현이는 (가명) 작년 내가 취업을 시켰던 학생이다. 이 글은 재현이의 취업과정에 대한 일화로 글을 써서 작년에 단체 공모 전에 참여했던 탈락한 수필이다. 글쓰기 공부를 하기 전에 쓴 글이라는 점을 미리 밝혀둔다.

「발달장애인 재현이의 첫 출근」

재현인 지적장애가 있는 중증장애인이다. 이해를 돕자면 지능검사 결과 IQ 70 이하의 인지력을 가졌다. 재현이를 처음 만난 날을 생각하면 웃음이 나온다. 재현의 껄렁거리는 행동이 나에게는 귀엽게 보였기 때문이다. 나는 장애인의 심리적, 신체적, 작업적 잠재적인 직업 능력을 평가하는 직업평가사이다. 내가 하는 일 중에는 특수학교 및 일반학교 특수학급에 재학 중인 고등학생들에게 상담, 평가 및 컨설팅 이후 훈련, 취업알선 서비스를 제공하는 일이 있다. 주로 내가 만나는 학생은 발달장애인이다. 1년에 200명 이상의 학생들을 만났으며 작년에는 250여 명을 만났다. 수많은 학생을 만나고 상담하는 과정을 거쳤으며 작년에 특히 기억에 남는 학생이 있다. 바로 재현이다. 재현인 인천시에 소재하는 ○○공업고등학교 3학년에 재학 중인 학생이었다.

3월 새 학기가 되면 나는 상담, 평가가 의뢰되는 학교 중 매주 2~3곳을 방문한다. 올해는 코로나로 인하여 6월이 되어서야 시작할 수 있었다. 내가 재현(가명)이를 처음 만난 날은 8월 7일이었다. 여름 특유의 습하고 더운 날이었다. 공고라는 학교 특성상 장난꾸러기 남학생들로 시끌시끌했다. 오히려 특수학급에 소속되어 있는 장애 학생의 경우 다른 일반학급의 학생보다 선생님의 말씀을 잘 따르고 열심히 학업에도 참여한다. 내 경험상은 그랬다. 간혹 발달장애인 학생 중에는 일반학급의 친구와 어울리기를 좋아하며 비장애인 친구가 같이 놀아주거나 도와주는 등 친구가 되는 것에 우쭐해 하며 좋아하는 경향이 있다. 그냥 나는 장애인 친구도 있지만 비장애인 친구도 있다는 것을 자랑스러워하는 것 같다. 그래서 비장애인 친구가 하는 언행이 멋있어 보이는지 모방하는 경우가 많다.

재현이를 처음 만난 날도 재현인 또래 친구들의 다소

나는 발달장애인입니다

거친 행동이 멋있었는지 첫 대면 시 매우 불량한 태도를 보였다. 상담 시 의자를 뒤로 빼고 다리를 쩍 벌려 앉고 왼손은 턱을 괴는 누가 봐도 불량스러운 태도를 흉내 내고 있었다. 하지만, 마스크 너머 두 눈이 매우 맑은 재현이를 보는 순간, 이 모습은 재현의 모습이 아니라는 것을 금방 알아차릴 수 있었다. 이런 학생을 15년간 보고 있으니 나도 이럴 때는 어떻게 대처해야 하는지 바로 머리에서 시스템이 작동한다. 먼저 재현이에게 공감을 보였다. "재현인 키도 크고 체격도 좋고 잘생기고 어떤 것을 하더라도 잘할 수 있을 것 같구나"라고 말했다. 물론 처음에는 계속 건들건들 행동하며 말한다. 그래도 받아준다. 그러다가 재현이가 원하는 게 뭔지를 알 수가 있었으며, 그것에 관하여 얘기를 나누게 되면서 재현의 마음을 잡을 수 있었다. 그것은 바로 취업이었다.

재현인 언뜻 보기에도 180cm가 넘는 큰 키에 덩치도 크고 눈썹도 짙으며 앞머리는 길러서 눈을 찌르고 있으며 교복은 단정하지 않고 평상복위에 교복을 걸쳐 입었다. 아마도 졸업을 앞둔 고3 학생이라면 누구나 교칙을 벗어나 자유를 만끽하고픈 행동을 원하듯 일반학급의 다른 친구들처럼 재현이도 따라 하고 싶었나 보다. 시쳇말로 껄렁껄렁하게 보이고 싶어 하는 모습이 귀엽게 느껴진다. 내가 재현이보다 2살 많은 딸이 있고 3살 어린 아들이 있어서인지 이러한 행동이 너무 익숙하다.

재현이가 다니는 특성화 고등학교의 특성상 졸업 전에 실습을 나가거나 취업을 하는 학생이 있다. 수능을 보고 대학을 목표로 하는 학교가 아니기에 취업률을 관리하는 교사와 학교장에게 학생의 취업은 학교의 목표를 이루는 것과도 같은 것이다. 재현이도 취업이 하고 싶다는 것을 알았다. 다른 친구처럼 취업의 꿈을 이루어 더 멋지게 보이고 싶은 것이다. 재현의 욕구를 파악했고 이제 재현이를 어떻게 상담과 지도를 진행하면

될지 알게 되었다.

재현이에게 거래를 한다. "재현아 너 취업하고 싶지?", "네 선생님.", "그럼 조금 전 네가 한 것처럼 불량스러운 복장과 공손하지 않은 태도로 얘기를 하면 안 돼. 만약 재현이가 취업을 위해 회사 면접에 갔는데 사장님 앞에서 단정하지 않은 복장과 거만하고 불량스러운 태도를 보인다면 취업에서 탈락하겠지?", "네, 선생님." 재현은 질문에 맞는 답도 알고 있다. 그래서 재현의 태도를 바꾸는 일은 어려운 일이 아니라는 것을 알게 되었다
재현이와 2시간가량 상담을 하고 재현이가 어떤 것을 잘하고 좋아하는지 검사 및 평가를 하였다. 재현인 흥미검사 결과 몸을 움직이면서 하는 일을 좋아하며 미세한 손 기능은 낮지만 대근력이 좋았다. 악력은 또래 남성보다 평균 이상으로 매우 강하였으며 검사하면서 계속된 칭찬을 아끼지 않자 재현인 계속해서 자기는

무엇을 잘하는지에 대하여 연실 자랑을 한다. 재현의 자랑을 듣다가 관찰하니 상담을 시작할 때 보였던 불량스럽게 무게 잡는 태도는 어디 갔는지 보이지 않았으며 나에게 잘 보이려고 노력하는 모습은 청순한 어린이처럼 더욱더 귀엽고 예뻤다. 재현은 다른 발달장애인보다 다소 인지력이 양호하여 상황판단이 빠른 친구이다. 내가 누구인지를 아는 것이다. 선생님께 잘 보이면 평가도 그리고 컨설팅도 잘 해주시니 취업의 꿈도 이룰 수 있다는 것을 이미 인지한 것이다.

재현인 체력이 좋고 밝은 성격에 인사성이 좋으며 눈치도 빠르고 상황판단력이 좋다. 게다가 대중교통 이용도 가능하고 금전사용도 가능하다. 또래 비장애인 19세 남학생이 당연히 하는 일상적인 활동이 발달장애인에게는 다소 어려운 일이기에 재현인 취업하기에 딱 좋은 요인들을 모두 갖추었다. 그러나 다소 걱정이 되는 것은 재현이가 취업하고자 하는 욕구는 강하지만 산만하여 일하게 된다면 잘해낼 수 있을지가 걱정이 되었다. 그래서 교사와 상담 이후 학교장의 승인을 얻어 ○○ 택배회사에서 상품을 분류하는 작업으로 우선 4주간 하루 4시간 실습을 해보기로 했다. 물론 4시간 실습하는 동안 4주 내내 재현이 옆에서 지도해주시는 선생님도 함께 배치해주었다. 사업체 사장님도 너무 좋은 분을 만났다. 사장님 자녀 중에 장애인 자녀가 있으며 장애인 근로자를 비장애인 근로자와 편견 없이 대하시고 장애인 채용에 매우 호의적인 분이시다. 많은 사업체 대표를 만난 경험에 따르면 장애인을 취업시킬 때에는 사업체 직원과 대표의 장애인에 대한 인식이 매우 중요하다.

○○ 택배회사 실습을 결정하고 재현이와 사업체를 미리 방문하여 사업체 내에서 작업하는 모습을 둘러보면서 재현은 한껏 들떠있었다. 여기서 4주 동안 실습하는 것이 너무 좋으며 열심히 하겠다고 나에게 결의를 보여준다.

재현의 첫날 결의처럼 4주 동안 열심히 실습에 참여하였다. 물론 재현인 호기심이 너무 많고 사람들을 워낙 좋아하다 보니 작업장 내 다른 직무에도 관심을 보이고 직원들에게도 말을 걸고 인사를 하는 등 다소 산만하지만 그래도 주위 모든 분이 재현이를 예뻐해주셨다. 재현이를 4주간 지도해주시는 선생님 말씀에 따르면 불필요하거나 다소 위험한 행동을 하려고 할 때 이렇게 하면 안 된다는 말을 하면 금방 수긍하고 수정하려는 태도를 보이는 게 재현의 또 다른 장점이라고 한다. ○○ 택배회사는 재현의 집에서 버스를 한 번만 타면 올 수 있는 곳이며 집에서 20분밖에 소요되지 않아 더욱더 괜찮은 곳이다. 나는 재현이가 실습하는 동안 매주 사업장을 방문하여 재현이가 어떻게 실습하는지 관찰하였고 재현인 내가 갈 때마다 반갑게 맞아주며 이런저런 그동안의 얘기를 들려주었다. 행복한 미소로 얘기하는 모습을 보니 나까지 행복해진다. 재현이를 만나고 오는 날이면 그날 하루 나도 행복해진다. 재현인 다른 사람을 행복하게 하는 장점이 있다.

드디어 실습 마지막 날이다. 재현인 4주간 너무 재밌었고 취업만 될 수 있다면 열심히 일하고 싶다고 한다. 하지만 이번은 실습만을 약속하고 간 기간이라 취업의 부담을 사장님께 부탁할 수가 없다. 특히 코로나로 실습을 받아주는 곳이 많지 않아 실습의 기회만 주셔도 감사한 일이었다. 평가 시간이 끝나고 우리는 중국음식점에서 재현이가 좋아하는 짜장면과 탕수육을 먹었다. 재현인 가리는 음식도 없다. 이것도 얼마나 이쁜지. 음식이 나오면 사장님과 나에게 "맛있게 먹겠습니다"라고 인사까지 한다. 그때 재현이 엄마의 모습이 겹쳐졌다. 장애가 있는 재현이를 이렇게 훌륭하게 키우기 위해 어머니가 그동안 얼마나 노력하셨을까 생각하니 한편으로는 짠한 묘한 감정들이 올라왔다. 발달장애인 아이가 독립적으로 생활하며 긍정적인 생각을 가지고 살아가는 것을 가르쳐주신 재현의 어머니가 존경스러워졌다. 다시 한번 재현이를 보면서 나의 우리 아이들에게 대한 태도에 반성한다. 말로는 인성이 중요하다고 하면서 성적표를 받아보는 날이면 인성은 개나 주라는 식의 나의 이중적인 태도가 부끄러웠다. 짜장면을 먹고 나오는 길에 실습을 마친 학생들 4명이 노래방에 간다고 한다. 전화번호도 교환하고 친목을 도모한다고 한다. 너무나 자연스럽게 진행되는 모습들을 보면서 이들이 사회의 일원이 되어 자리를 잡고 성인이 된다면 얼마나 좋을까 라는 생각을 해보았다. 코로나로 노래방에 가는 것은 위험한 일이라고 하자 이내 알았다고 한다. 말도 잘 듣는다. 얼마나 예쁜지 모른다. 모두 19세 남학생인데 어찌 이렇게 예쁜지 그 중 재현이가 가장 외향적이고 인지력이 양호하여 뭐든지 주도하는 것으로 보였다. 재현이가 친구들에게 제안한다. "우리 이제 4주 실습이 끝났지만 서로 연락하자" 라고 하며 헤어진다. 재현인 마지막까지 인사를 바르게 하며 "선생님 저 취업하고 싶으니깐 일자리가 있으

나는 발달장애인입니다

면 꼭 취업을 시켜주세요"라고 부탁을 하면서 우리는 헤어졌다.

사업체 사장님께 이런 재현이 얘기를 하였더니 취업을 고려하지 않았던 사장님께서는 그 자리에서 생각을 잠시 하더니 그러면 재현이만 취업을 고려해 보시겠다고 한다. 너무 기뻤다. 재현이에게 바로 연락하고 싶었지만 일단 재현의 담임선생님께 기쁜 소식을 알려드렸다. 재현이 담임선생님께서는 특성화 고등학교이고 수업일수가 2/3 이상 넘었으며 학교장이 허락하는 상황이라 학교에서는 취업할 수 있다고 한다. 이제 부모님의 의견을 물어볼 차례이다. 재현의 부모님은 내가 연락을 한 적이 없기에 재현이 담임선생님께서 알아보신 뒤 전화를 주시기로 하였다. 다음날 핸드폰에 재현이 담임선생님 전화가 떴다. 기뻐서 받았으나 재현이 부모님께서는 택배 분류작업은 밖에서 이루어지고 겨울이면 춥고 여름이면 덥고 재현인 누가 보기에도 알만한 그런 사업체에 취업시키고 싶다고 하시다. 부모님의 염려와 걱정과 원하는 것을 알기에 강제로 밀어붙일 수는 없었다. 하지만 재현의 성격 특성상 움직이면서 여러 사람들을 만나는 일이 적성에 맞으며 섬세한 일보다는 대근육을 사용하는 일이 적합하다는 것을 부모님에게 말씀드렸으며 부모님이 생각하시는 것처럼 화이트칼라 사무보조 는 재현이에게 맞지 않으며 혹시 면접을 봐서 합격을 하더라도 재현이가 스트레스를 받으며 오랫동안 일을 하기에는 다소 어려움이 있을 것이라는 나름 전문가 의견을 전달해드렸다.

그렇게 하루가 또 지났다. 다시 재현이 담임선생님께서 전화를 주셨다. 재현이가 너무 원하여 부모님도 재현의 의견을 존중해서 취업하겠다고 하신다.
너무 잘된 일이었다. 그렇게 재현인 12월 1일 자로 취업이 되었다. 그 전에 근로계약서를 작성해야 해서 재현이 담임선생님, 재현이, 나 그리고 사업체 대표와 회

사에 모여 근로계약서를 작성했다. 재현인 기쁘다 못

해 흥분되어 있었다. 태어나서 아르바이트도 한번 해

본 적이 없던 재현이가 취업을 한다고 계약서에 사인

하면서 급여, 근로시간, 급여일 등 궁금한 것을 물어보

는 재현의 얼굴은 더는 이 세상에 가질 것이 없는 것처

럼 행복해 보였다.

드디어 사장님과 재현인 사인을 하고 근로계약서를 1

부씩 나누어 가졌다. 재현인 이거는 어떻게 하냐고 한

다. 집에 가지고 가서 부모님에게 보여드리고 잘 간직

하라고 했다.

재현인 월급은 세금을 제외하고 얼마를 받냐고 한다.

이런 금액을 손에 쥐어보지 못한 재현인 너무 놀란다.

급여를 받으면 엄마에게 드리고 싶다고 한다. 너무 예

쁜 마음을 가졌다. 이번 4주 실습으로 30만 원 (근로자가

아니라서 최저임금으로 지급하는게 아니다 훈련비이다) 넘게 받

은 것은 며칠 이후 엄마 생신이므로 30만 원은 엄마를

드리고 나머지만 쓰겠다고 한다.

재현이와 근로계약을 하고 헤어졌다. 재현인 마지막까지 나에게 취업시켜 주셔서 감사하다고 하며 열심히 일하겠다고 한다.

재현이와 헤어지고 사장님께서 전화가 왔다. 주민등록등본, 재현이 통장 사본, 복지 카드를 첫 출근날 가지고 오라고 해서 재현이에게 알려주었다. 재현이와 근로계약이 있었던 날로부터 1주가 지나 이상한 번호로 전화가 왔다. 누구지 하면서 받았는데 재현이었다. "선생님 저 재현이에요." 복지 카드가 없는데 장애인 증명서를 가지고 가도 되냐고 한다. 수화기 너머 재현의 목소리는 세상 모든 것을 가진 여유로운 남자의 목소리였다.

나는 그것도 괜찮다고 알려주었으며 혹시 나중에도 궁금한 것이 있으면 언제든지 전화를 하라고 하였다.

재현이는 12월 1일 취업이 되어 3개월째 회사에 적응하면서 잘 다니고 있다. 재현인 취업을 위해 준비된 아이였다. 재현이가 이제 학생이 아니라 사회인으로 발을 디디고 자리를 잡을 수 있도록 기원한다. 나는 재현의 엄마는 아니지만 재현이와 비슷한 또래의 아들을 키우기에 더구나 엄마 같은 마음이 든다. 나는 재현이가 앞으로 행복하게 살아가기를 기원하며 재현이가 안전하게 사회에 자리를 잡을 수 있도록 도와주고 싶다.

요즘도 재현이에게서 전화가 온다. 회사에서 있었던 일을 미주알고주알 이야기도 하고 월급을 받으면 내게 맛있는 밥을 사주겠다고도 했다. 코로나 때문에 만나지 못하고 있다. 사실 재현이가 사주는 밥을 어떻게 받아먹어야 할지 고민이 된다. 지난번에는 재현이가 일하는 모습이 궁금해서 사업장에 가서 몰래 보고 왔다. 취업한 지 6개월이 지났고 이제 성인이 되었으니 재현이가 사주는 밥을 얻어먹어야겠다. 재현이와 같이 발달장애인이 사회의 일원이 되어 담당자에게 밥을 사주는 사례가 많이 생겼으면 좋겠다.

발달장애인들은 대부분 나이가 들어도 부모님과 함께 살
고 싶다고 말한다. 결혼하겠다거나 독립을 하겠다는 경우도 드
물다. 어릴 적부터 결혼에 대한 희망을 품지 않는 것이 좋다고
교육을 받았거나 아니면 혼자 사는 것도 어려운데 무슨 결혼
이냐는 말을 들었기 때문일 것이다. 엄마가 언니에게 말했던
것처럼 결혼을 해서 아이라도 생기면 그 아이를 어떻게 키울
것인지 대한 두려움 때문일 수도 있다. 그래서인지 발달장애인
이 결혼하는 경우는 많지 않다. 결혼해서 독립적인 가정을 꾸
리는 예도 있지만, 부모님과 함께 사는 경우가 더 많다. 자녀를
낳고 사는 경우는 열 손가락 안에 꽂는다. 어쨌거나 발달장애

175

인은 결혼해도 부모님의 도움을 받거나 손자, 손녀를 할머니가 전담해서 돌보는 편이다.

건강한 외모의 발달장애인 남성이 오셨다. 취업을 원한다고 했다. 어떤 곳에 취업하고 싶은지 묻자 자신은 힘이 센 편이고 활동적이니 운반 관련 일이 좋겠다고 말했다. 월급을 받으면 저축을 해서 집도 사고 결혼도 하고 싶다는 말씀을 하셨다. 하지만 엄마가 결혼은 못 하게 한다면서 자신은 꼭 취업해서 결혼을 할 거라는 의지를 표현했다. 나는 그분이 희망하는 것이 무엇인지도 알 것 같고, 그 어머니가 걱정하는 것이 무엇인지도 이해가 되었다.

발달장애인이 가정을 갖고 살기에는 아직 우리 사회의 시스템이 불안하다. 행정적인 일 처리도 어렵고 자녀를 출산하게 되면 뒤따르는 일들은 또 얼마나 많은가? 행여 배우자를 잘못 만나고 그로 인해 상처받는 일이 생기는 것이 발달장애인 부모님의 가장 큰 걱정거리 중 하나이다. 발달장애인 신분증으로 휴대전화기를 가입하게 하여 피해를 본 사례, 핸드폰으로 게임을 하여 수백만 원의 비용이 나온 사례 등 인지력이 낮아서 일어나는 사건들이다. 그런 피해는 금전적인 손해로 이어지니까 부모님께서 평생 걱정을 안고 사는 것이다.

세상에는 착한 사람도 많지만, 발달장애인의 부족함을 이용하는 사람들도 많다. 그들이 혼자 세상을 살아가는 것은 위험한 것만은 틀림없다. 밀림에 자식을 내보내는 심정이니 오죽하면 결혼만은 하지 말라고 할까. 자신의 힘이 닿는 한까지 자식을 끌어안을 생각을 한다. 어쩌다 결혼을 원하는 발달장애인을 만나면 도와드릴 방법이 없다. 그들의 취업을 도와드릴 수는 있지만, 결혼과 독립적인 생활에 대해서는 자신이 없기 때문이다.

사실 발달장애인 결혼의 문제는 개인의 문제가 아니다. 국가가 그에 맞는 역할을 해줘야 한다. 발달장애인도 성인이 되면 결혼을 할 수 있고 아이를 갖고 싶다는 것을 이해하고 공감하지 못하는 한 결혼을 희망하는 발달장애인의 꿈은 이루어질 수 없다. 발달장애인이 결혼도 하고 행복한 삶을 살 수 있는 날이 오려면 우리는 어떤 노력을 해야 할까?

작년에 만났던 시현이도 결혼을 하고 집을 사고 싶다고 말한 적이 있다. 오늘도 시현이에게서 전화가 왔다. 선생님 잘 계셔요? 대학을 잘못 간 것 같아요. 선생님께서 대학 가지 말라고 할 때 말을 들었어야 했는데 후회가 된다고 이번 학기만 다니고 자퇴를 하겠다고 했다 앞으로는 학비를 모아 결혼자금으로 쓰겠다고 했다.

시현이는 20살의 젊은 청년이다. 시현이가 30대에 결혼한다고 가정했을 때 10여의 시간이 남았다. 그때는 발달장애인이 결혼하고 독립된 가정을 갖는데 어려움이 없는 사회가 되기를 바란다. 그들을 위해 내가 앞으로 해야 할 역할은 무엇일까?

우리 아이 노후는요?

성인 발달장애인은 부모의 나이가 보통 50~60대다. 당장 자신의 노후를 염려하는 나이임에도 장애인 자녀의 노후가 걱정되어 마음 편히 눈을 감을 수가 없다고 말한다.

내 자식보다 딱 하루만 더 살고 죽었으면 하는 게 소원이라고 말씀하신다. 자식을 두고 떠날 수 없는 부모의 마음에 깊게 공감이 된다.

이미 고령사회[10]로 진입한 우리나라는 노후준비에 대한 인

---

10) 65세 이상 인구가 총인구를 차지하는 비율이 7% 이상을 고령화사회(Aging Society), 65세 이상 인구가 총인구를 차지하는 비율이 14% 이상을 고령사회(Aged Society)라고 하고, 65세 이상 인구가 총인구를 차지하는 비율이 20% 이상을 후기고령사회(post-aged society) 혹은 초고령사회라고 한다. 2018년은 고령인구 비중 14% 이상을 기록해 고령사회가 됐다. 이 같은 추세라면 2026년에는 초고령사회(고령인구 비중 20% 이상) 진입이 유력하다는 게 OECD의 예상이다.

식이 깊어지고 있다. 그러나 성인발달장애인은 노후 준비에 대한 개념이 다소 부족하다. 취업을 하고 저축을 하고 결혼을 한다는 것 이상의 무언가를 준비해야 한다는 것을 이해하지 못하는 편이다. 실정이 이러다 보니 부모가 장애인 자녀의 노후를 준비할 수밖에 없다.

80세가 되신 어머니가 60세 아들에게 도로를 건널 때는 좌, 우 잘 살피고 조심하면서 다녀야 한다고 이르는 것처럼 발달장애인 부모도 자식을 걱정한다. 특히, 발달이 지연되어 일상생활이나 사회생활에 제약을 받는 자식을 걱정하는 마음은 오히려 보통의 부모보다 더 클 것이다.

가냘픈 체구의 어머니가 20대 여성 발달장애인과 함께 내 방을 하셨다. 첫눈에 봐도 힘든 인생을 사셨구나 하고 짐작이 되었다. 자녀는 어머니 손에 이끌려 온 유치원생처럼 어머니 뒤에서 머뭇거린다. 어머니와 상담을 하는 내내 발달장애인 딸은 우리가 나누는 대화가 어떤 내용인지도 모르는 듯 멍한 얼굴로 앉아 있었다.

"일해본 적 있으세요? 어떤 일이 하고 싶으세요?"라는 나의 질문에도 그저 미소로 대답할 뿐이다. 어머니가 옆에서 도와주지 않으면 원활한 상담 진행이 어려운 경우였다.

발달장애인의 경우에는 혼자서 이동이 어렵고 의사결정에도 도움이 필요한 경우가 많아 보호자 특히 어머니와 함께 상담을 오시는 경우가 많다. 발달장애인 당사자와 하는 상담보다는 보호자와 주로 상담을 하게 된다. 물론 당사자에 대한 평가는 직접 이루어지지만, 환경, 종교, 성, 사는 지역, 출신학교 등 모든 것이 다른 상황임에도 불구하고 호소하는 문제는 거의 비슷하다.

주로 앞으로 어떻게 살아갈지? 발달장애인 자녀를 두고 어떻게 눈을 감을지 걱정이라고 말씀하신다. 상담실을 나가면서 잘 부탁한다고 연신 허리를 굽히며 인사를 하신다.

그렇게 돌아가시는 어머니의 뒷모습을 보는 내 마음이 편치 않다. 발달장애인 여성과 어머니의 노후가 절대 편치 않을 걸 알기 때문이다.

대한민국은 현재 고령사회 진입에 맞춰 제도와 법령의 개정들이 이루어지고 있다. 이러한 변화에 발맞춰 발달장애인의 부모와 자녀의 노후 준비를 정부와 사회가 나서서 도와주어야 할 때다. 더는 개인의 문제로 돌려서는 안 된다. 전생에 죄를 많이 지어서 내가 감당해야 할 몫으로 돌리며 자식을 짐으로 안고 사는 분들의 심정을 알아주는 사회가 되었으면 한다.

5부

나는 마음에
장애가 있습니다

아픈 기억

어릴 적 기억에 따르면 우리 집은 1주에 몇 번씩 시끄러웠다. 엄마, 아빠가 싸우던지, 아빠가 오빠들을 혼내든지 아니면 부모님의 거래처 사람들과 언성을 높이던지 조용한 날이 없었던 것 같다.

나는 소란함 속에서도 조용히 있는 아이였다. 엄마, 아빠가 싸울 때는 불안해서 숨죽였고, 아빠가 오빠들을 혼낼 때는 나라도 말썽을 부리지 말자 하는 생각으로 조용히 있었다.

어릴 때부터 세상의 이치를 알아버린 애어른처럼 행동했다. 조용히 있는 것이 나와 우리 가족에게 좋겠다는 생각이었던 것 같다.

아빠는 바람을 피우셨다. 엄마는 교육에 안 좋다고 우리에게 말을 안 하셨지만, 우리 4남매는 모두 알고 있었다. 엄마는 사업도 열심히 하시고 가족을 위해 희생하는 분이셨다. 자식들 교육에 관심이 많고 손재주도 좋고 사업수완도 좋으셨다. 아무리 바빠도 가족들 식사는 손수 챙겨주셨고 주말이면 빨래를 삶고 이불을 일광 소독하시는 등 아무리 힘들어도 집안을 늘 청결하게 유지하셨다. 결혼 후 가지런하지 못한 신발, 화장실 수건의 배열, 아무렇게나 벗어놓는 옷들을 못 참아 했던 것은 엄마를 닮아서인 듯하다. 엄마는 새벽부터 일만 했고 반대로 아빠는 늘 큰소리만 치셨다. 어린 나에게도 매우 불공평해 보이는 상황이었다. 힘이 없는 나는 그냥 지켜보면서 자랐다. 그나마 다행인 건 아빠가 나를 많이 예뻐 해주셨다는 사실이다. 언니는 청각장애인이라서 대화가 잘 안 되었고 오빠 2명은 청소년기를 떠들썩하게 보냈기 때문에 나는 더 착한 딸이 되려고 노력했던 것 같다. 나까지 엄마를 속상하게 하면 안 된다는 생각을 했다. 나는 늘 모범생이었고 선생님 말씀과 부모님 말씀을 잘 듣는 학생이었다.

나는 누구에게나 잘 보이려고 노력했다. 언니가 청각장애인이라는 것과 아빠가 바람을 피운다는 것을 사람들이 아는 게 싫었다. 엄마, 아빠가 툭 하면 싸운다는 것도 알리기 싫었다. 다른 사람들에게 손가락 받는 게 싫어서 더 애쓰고 노력했다.

"가정환경이 좋지 않으니 애가 저렇지"라는 말을 들을까 봐서였는지 나는 안간힘을 썼다.

차도 많이 다니지 않던 소도시 작은 동네의 건널목에서 초록 불이 켜지길 우두커니 기다리는 사람은 나밖에 없었다. 사람들에게는 그 기다림이 오히려 이상하게 보일 정도였다. 초등 6년, 중·고등 6년 개근상을 받았고 숙제는 하루라도 빠지면 큰일 나는 줄 알았다. 내가 상을 받아오는 날이 부모님께서 싸우지 않는 날이기에 기를 쓰고 상을 받으려고 노력했다.

어른들은 왜 그렇게 남의 집 사정에 관심이 많으실까? '쯧쯧쯧' 혀 차는 소리를 많이 내는지 나는 그 소리가 끔찍하게 싫었다. 이웃집 사람들이 마음대로 드나드는 시골 생활이라서였는지 아니면 남이 보기에 안타까운 일이 많아서였는지 그 이유를 모르겠다. 나라도 반듯하게 살아야겠다는 생각을 한 건 어쩌면 당연한 일이었을지도 모른다.

학교에서 주는 모범상은 내 차지였다. 타고난 체격과 체력으로 교내 체육대회에서는 늘 1등을 했다. 독후감대회에서도 1등을 놓치기 싫었기에 글재주가 없는 나는 양으로 승부를 걸었다. 원고지 10매의 양을 부담스러워하는 친구들에 비해 엄청난 양의 독후감을 써서 내면 선생님께서 칭찬을 아끼지 않으셨다.

그림을 잘 그리지 못하는 나는 언니, 오빠의 도움을 받아가면서 상을 놓치지 않았다. 선생님께서 내주시는 과제, 정보도 놓치지 않으려고 했다. 그 시절 시골에서는 선생님께서 시키는 대로만 하면 1등을 할 수가 있었다. 중·고등학교에 올라가서는 노력해도 안 되는 것이 있었다. 공부, 글쓰기 대회, 그림 대회에서도 예전처럼 상을 받을 수가 없다는 것을 알게 된 나는 1등을 위해 웅변을 시작했다. 교내, 시내, 도내, 전국대회에까지 진출하여 상을 받아 학교에 트로피를 안겨주었다. 중학교에서는 전교부회장, 전교회장을 도맡았다. 고등학교에 가서는 1등을 할 수 없어지자 공부가 하기 싫어졌다. 그때쯤 아빠가 집에서 쫓겨났다. 공부에 흥미가 떨어지기 시작하자마자 친구들과 어울리며 야간자율학습시간에도 선생님 눈을 피해 밖에서 놀았지만 크게 나쁜 행동은 하지 않았다. 하지만 서서히 모범생에서 벗어나고 있었다.

어릴 적 기억은 나에게 아픔이다. 가족들은 나의 슬픔을 모른다. 내가 얼마나 무거운 짐을 갖고 살았는지 '너는 막내라서 해달라는 것 다 해주고 힘든 일은 시키지 않았다' 라고만 말했다. 그런 생각을 하는 가족들에게 내가 얼마나 심리적으로 힘이 들었는지 말할 수가 없었다. 어린 자식 4명, 바람난 남편까지 둔 엄마가 어떻게 사셨을지 말하지 않아도 짐작할 수 있다. 청각장애인으로 차별을 받았던 언니와 가정환경에 적응하지 못한 두 오빠에 비하면 내가 우리 집에서 혜택을 제일 많이 받은 사람이니 차마 힘들다는 말을 꺼낼 수가 없었다.

프로이트는 어릴 적 환경과 주된 양육자의 태도가 중요하고 잘못 형성된 성격은 성인이 되어 고치려 해도 잘 안된다고 말했다. 나는 프로이트의 이론에 공감한다. 어릴 적 아픈 기억은 지금도 불쑥 튀어나온다. 물론 내가 감당하지 못할 만큼은 아니다. 다행인 것은 심리상담 공부를 했기에 어떻게 대처해야 하는지를 알고 있다는 사실이다. 누군가 나를 전문가라고 부르면 부끄럽다. 내 안의 상처받은 나를 보듬어주지도 못하면서 내가 무슨 전문가 인가 싶다. 나는 여전히 사람들에게 혀 차는 소리를 듣지 않으려고 애쓰며 살고 있다. 어린 시절의 내가 안쓰러워 눈물이 난다. 나는 누구에게 내 아픔을 어루만져달라고 해야 할까? 남들의 눈에 보이지 않지만 나도 마음에 장애가 있다.

봄날이었다. 야간 자율학습을 마치고 집에 오니 다른 날과 사뭇 분위기가 달랐다. 나에게는 공부하라고 신경 쓸 것이 없다고 하면서 엄마와 오빠가 안방에서 비밀스럽게 이야기를 나누었다.

그날 이후로 아빠를 보지 못했다. 아침에도 아빠는 나를 학교에 바래다주셨다. 내가 다닌 여고는 산 중턱에 있고 버스가 다니지 않아 봉고차를 이용해 등·하교하는 친구들이 많았다. 하지만 나는 아빠가 매일 바래다주셨다. 보온밥통이 있음에도 좀 더 따뜻한 밥을 먹으려고 점심때가 되면 학교에 오셔서 도시락을 건네주시는 아빠였다. 술을 마시지 않던 아빠, 군

것질을 좋아했던 아빠, 동네 슈퍼마켓에서 함께 과자를 나눠 먹던 아빠, 다정한 아빠가 하루아침에 사라졌다.

엄마에게는 그렇게 폭력적이시면서 내게는 한 번도 큰소리를 내지 않으셨다. 그렇게 기억이 생생한 나의 아빠를 하루아침에 볼 수 없었다. 어디로 가셨는지 모른다. 알려고 해서도 안되었다. 나는 학생이고 아직 어리니 알 것 없다고 공부만 하라고 했다. 엄마는 아빠 때문에 힘든 시간을 보내셨고 오빠들은 아빠와 사이가 안 좋았기에 아빠의 바람은 엄마와 오빠가 아빠를 내쫓을 이유가 되었을 것이다.

나는 아빠가 보고 싶었다. 그 빈자리가 너무나 컸지만, 엄마는 아빠를 내쫓고 난 뒤 속이 시원해 보였다. 이렇게 좋은 세상을 왜 모르고 살았는지 모르겠다고 그동안 살아왔던 세월이 원통하다고 하셨다. 더 일찍 이혼을 했어야지 왜 이렇게 살아왔냐고 오히려 엄마에게 나무라듯이 얘기하는 오빠와 엄마의 대화를 들으며 나는 그 상황을 받아들여야만 했다.

앞으로는 아빠를 볼 수 없다는 통보만 받았을 뿐이다.

나는 가끔 꿈에서 아빠를 만났다. 아빠는 나를 보고 웃으신다. 무슨 말씀을 하시는데 뭐라고 하시는지 들리지는 않는

다. 그저 아빠도 나를 그리워하시는 것은 아닌가 하는 생각이
든다.

어린 시절 아빠의 부재 때문인지 남편 될 사람을 상상할
때면 사업을 하는 사람은 제외했다.

벽돌로 만든 이층집, 가정부와 보모가 있는 집에서 자가용
을 탔던 날도 있었지만 6식구가 한방에서 지내는 날도 있었다.
그래선지 사업하는 사람의 생활에 위태로움을 잘 알고 있었
다. 그런 이유로 나는 부자는 아니고 회사에 다니는 평범한 집
안이 부러웠다. 아빠처럼 엄마에게 거칠게 대하는 사람보다는
성격이 부드럽고 착한사람이 좋았다. 그런 면에서 지금의 남편
에게 끌렸던 것 같다.

남편은 대학에 들어가 처음 만난 남자친구였다. 당시에는
남자친구를 사귀면 결혼까지 해야 하는 줄 알았다. 연애에는
순진하다 못해 어리석은 면이 있었다.

남편은 착하고 성실했고 시아버지는 점잖은 선생님이셨다.
내가 찾던 사람이라는 생각에 금방 사랑에 빠졌고 결혼까지
이어졌다. 결혼 후부터 남편에게 기대감이 더 커졌다. 아빠에

대한 결손을 보상받으려는 내 모습을 자주 발견한다. 아이들에게 자상하고 따뜻한 아빠, 아내만을 바라보는 일편단심 남편, 평화로운 가정을 원했다.

내 부모처럼 살고 싶지 않았다. 아이들에게는 싸우는 모습을 보이지 않으려고 남편을 집 밖으로 불러서 싸웠다. 아이가 일곱 살 이후로 크게 싸운 적도 없다. 내 가정을 반드시 지켜야 한다는 생각을 하면서 산다. 그것은 어느 날부터 나에게 강박처럼 다가왔다. 행복한 가정에 대한 집착이 점점 짐이 되어가고 있었다.

아빠처럼 무조건 내 편이 되어주고 나를 지지하고 조건 없이 사랑해주는 사람이 필요했다. 남편이 그렇게 해주기를 바랐다. 그런 마음으로 남편을 바라보니 그의 태도가 마음에 들지 않았다. 무조건인 사랑을 주던 아빠와는 달리 남편은 내게 바라는 것도 많고 힘들게 할 때도 있다.

기분이 나쁠 때면 태도가 달라지는 남편의 속이 좁아 보였다. 어느 날부터는 아빠와 남편을 저울질하고 있었다. '남편은 아빠가 아니지' 어리석은 생각은 하지 말자고 마음먹으면서도 자꾸 서운해졌다. 가정이 깨어지면 안 된다는 강박 때문에 남편의 좋은 점만 생각하려고 노력했고 남들의 눈에 행복한 가정으로 보이기 위해 끊임없이 노력했다.

어느 날 딸이 나에게 엉뚱한 질문을 했다. "엄마는 한 남자랑 어떻게 그렇게 오래 살아?" 내 대답을 기다리지도 않고 "나는 커서 결혼 안 할 꺼야." 하고 말했다. 최고의 부모로 보이기 위해 노력하며 살았는데 딸이 나의 노력에 찬물을 끼 얹었다.

그때만 해도 좋지 않은 가정환경에서 자란 아이들이 결혼에 대한 부정적인 생각이 있다고 생각했었다. 결혼하기 싫다는 딸의 말이 청천벽력처럼 들리는 것도 당연했다.

엄마처럼 살고 싶지 않다고 했다. 20년 이상 나를 지켜봤던 딸이기에 왜 그런 생각을 하는지 매우 궁금했다. 그동안 내가 어렵게나마 유지하려고 했던 행복한 가정이 딸아이에게는 힘들게 보였단 말일까.

행복한 가정과 사이가 좋은 부부 관계를 유지하려고 안간힘을 쓰는 것이 잘못된 건 아닐 것이다. 남들의 시선만을 의식하며 가까스로 유지되는 가정은 건강한 가정이 아닐 수도 있다는 걸 지금은 어렴풋하게 알게 되었다.

결혼의 무게

"댐은 사람에 비유할 수 있다. 생물학적으로 정신적으로 건강하게 태어난 사람은 튼튼한 댐이며, 댐이 건강하지 않게 태어난 사람도 있다. 하지만 아무리 튼튼한 댐이라도 수용할 수없을 정도의 비가 내리면 결국 무너질 것이다. 그래서 수문이라는 것이 존재하며 댐이 넘치지 않도록 수문을 잘 조절을 해야 한다. 약하게 지어진 댐도 수문을 열어서 물의 양을 조절한다면 무너지지 않을 수도 있다."

위의 내용은 임상심리전문가에게 들은 말이다

"나는 튼튼한 댐에 속하지만, 수문을 조절하지 못한다면 무너질 수 있고 남편은 약한 댐으로 태어났지만, 수문만 잘 조절한다면 무너지지 않을 수 있겠구나." 하고 생각했다.

남편의 친척 중 정신장애 등록을 받으신 분이 몇 분 있다. 약물을 복용하고 있거나 병원에 다닌다. 남편도 힘이 들 때면 정신과 상담을 받거나 약물을 복용한다. 남편을 약한 댐이라고 생각한 나는 계속 수문을 조절해주려고 주의 깊게 살피고 무너지지 않도록 도와준다.

정신적으로 약하게 태어난 사람들은 가족들의 배려와 관심 그리고 지지가 매우 중요하다. 아이들도 남편의 유전적인 기질을 닮은 것 같아 항상 노심초사하며 말이나 행동을 할 때도 조심하면서 지낸다. 그들은 약하게 지어진 댐이기에 외부의 충격이나 스트레스에 취약하다. 나는 자신을 튼튼한 댐으로 여기면서 무너질 수 있다는 생각은 한 번도 한 적이 없었다. 나를 보듬고 돌보지는 못했던 것이다.

임상심리전문가에 따르면 튼튼한 댐도 계속되는 가랑비에 무너질 수도 있다고 한다.

장애인 평가 도구 중에는 몇 킬로그램을 밀고 당길 수 있는지 그리고 들 수 있는지를 묻는 문항이 있다. 사람마다 그

무게를 밀고 당기고 들 수 있는 힘은 다를 것이다.

겉으로 보기에도 남편은 튼튼하게 보이고 실제로도 매우 건강하다. 그런데도 왜 나는 남편을 걱정하고 나를 돌보지 않는 것인가? 환경적인 영향보다 유전적인 요인이 중요하다고 생각해서였을까? 남편의 가족력에 정신장애 내력이 있는 것이 내 마음에 두려움으로 박혀서인듯하다. 이 때문에 내 가정이 올바르게 유지 되지 못할 수도 있다는 불안감이 컸던 것 같다.

가정의 불화를 겪어 보았기 때문에 결혼생활유지에 관한 집착을 하고 있다. 남편이 잘못을 해도 웬만하면 넘어가려고 했고 아이들이 잘못해도 지금보다 나쁜 상황이 많으니 그냥 넘기자는 생각을 하느라 내 안의 댐이 점점 약해지고 있다는 것을 모르고 살았다.

남편과 아들 사이에서 무던히 노력했다. 그들의 사이가 틀어지지 않도록 때로는 남편 편에 때로는 아들 편에 서 있기도 했다. 남편과 딸 사이를 좋게 만들기 위해 서로에 관한 이야기를 좋은 쪽으로 전하며 살았다.

친정엄마는 그런 내가 안쓰러운지 뭐가 무서워 벌벌 떨고 사느냐고 하신다. 나는 가정이 깨어질까 봐 벌벌 떨면서 살고 있다. 한번 깨진 가정에서 자란 경험이 평생 나를 쫓아오는 기분이다. 지금까지는 결혼의 무게를 잘 견디며 살고 있지만 요즘 들어 잠을 자도 개운하지 않고 운동을 해도 온몸이 뻐근하다. 의사는 숙면을 권하고 있지만 나는 그 문제가 아닌 것 같다. 이제는 마음의 짐을 내려놓아야 한다. 그래야만 진정한 행복에 가까워질 것 같다.

우리는 모두 장애가 있다

신체에 장애가 있거나 정신능력이 원활하지 못해 일상생활이나 사회생활에서 어려움이 있는 사람을 장애인복지법상 장애인으로 등록한다.

반백 살을 살아보니 알게 됐다. 들여다보면 상처 없는 집 없으며 사건·사고 없는 집 없다는 것, 태평하게 사는 집은 아마 한 집도 없을 것이다. 사람은 누구나 상처가 있다. 신이 아니고 사람이니 모두 완벽할 수가 없다. 모두 조금씩은 불완전한 가정에서 살고 있으니 마음에 장애가 없는 사람을 찾기가 힘들 것이다. 장애인으로 등록은 되어 있지 않지만, 장애를 가지고 있는 사람들이 많다. 사람마다 깊이와 정도가 다를 뿐

그것을 받아들이는 개개인의 유전적인 특징과 상황만 다른 것이다.

물론 날마다 행복인 사람도 있고 마음의 짐을 내려놓은 사람, 도를 닦은 사람도 있으며 종교로 극복한 사람, 세상을 바라보는 눈이 남다른 사람도 있을 것이다.

하지만 평범한 사람이라면 누구나 마음의 장애를 지녔을 것이다. 어쩌면 우리는 모두 불완전한 사람들이다.

빠르게 변화하는 세상에 적응하지 못하여 그에 따른 장애가 많이 생기고 있다. 부모와 자식들의 생각 차이가 커지고 세대 간의 사고의 차이가 더 벌어지고 있다. 세상은 AI, 가상현실을 말하지만 나는 아직 현실감이 없다. 가상공간에서 일어나는 일은 터무니없는 것으로 생각하는 편이다. 내가 고령자가 될 쯤이면 지금보다 더 많은 격차가 발생하고 혼란에 빠지겠구나 하는 생각이 든다.

코로나 때문에 우울, 불안, 수면장애 등으로 고통스러워하는 사람들도 늘고 있다. 급변하는 세상만큼이나 정신적으로 힘들어하는 사람들과 장애를 가진 사람들이 점점 많아지고 있다.

나는 마음에 장애가 있습니다

아버지의 바람, 엄마를 향한 아버지의 폭력, 아버지의 부재, 언니의 청각장애, 부모님의 사업 실패 등으로 나는 심리적인 장애를 갖고 있다. 아직 치료되지 못한 장애인이다. 요즘은 나를 제외한 모든 사람이 행복해 보인다고 착각하면서 살고 있지는 않은지 생각한다. 우리 모두 마음에 장애를 안고 살아가고 있다는 것을 잊지 않으려고 노력한다.

길잡이

공부를 잘하는 학생, 못하는 학생, 일을 잘하는 사람, 그렇지 못한 사람, 회사에 합격한 사람, 불합격한 사람. 장애인, 비장애인으로 굳이 나누지 않아도 되는데 편리상 구분을 한다. 입시의 결과를 예측하기 위해 내신 등급을 나누어야 하고 회사성과를 내기 위해 성과로 사람을 나누고 점수로 나누는 등 우리는 끊임없이 뭔가를 나누고 구분 짓는다. 세상을 정, 반 이분법으로 구분한다면 모든 사람은 '정'에 속하기를 희망할 것이다. 자신은 '반'에 소속되어 남들이 신경 쓰지 않는 게 더 편하다고 말하는 사람도 있겠지만 '반'에 들어간다고 저절로 적응되는 건 아닐 것이다. 오히려 '정'을 그리워하며 생활할 수도 있다.

청각장애인 언니와 50년을 살면서 장애인에 대한 세상의 차별과 시선, 나쁜 장면들을 자주 보고 겪었다. 물론 언니가 받은 고통에 비할 수는 없지만, 어느 정도까지 힘들고 고통스러운지는 짐작할 수 있다.

최근 엄마가 뇌경색으로 병원에 다닌다. 누구보다 건강했던 엄마였다. 지금은 힘들게 하는 남편도 없고 말썽부리는 자식도 없으며 노후를 편안하게 살면 되는데 몸이 아파진 것이다. 엄마도 이젠 늙어 가시는 중이다. 응급병동에 입원한 열흘간 간호를 하면서 수많은 환자들을 만났다. 약물을 과다 복용하여 위세척을 한 사람, 손목의 동맥을 칼로 그은 사람, 청소년, 50대의 가정주부 등 나이와 신분에 관계없이 많은 사람이 끊임없이 응급실로 왔다. 대부분 자살을 하려는 사람들이다.

퇴원을 하는 날 차 안에서 엄마가 말씀하셨다. 지금은 장애인에 대한 인식이 많이 바뀌었지만, 옛날에는 인간 취급도 못 받았다. 인간 취급도 못 받는 언니를 낳은 죄로 장애인의 심정으로 살아왔다고 말씀하셨다.

세상의 누구도 장애인이 되고 싶은 사람은 없으니까 죄인으로 살았던 엄마도 억울했을 것이다. 예기치 않은 사고와 질병은 항상 우리 곁에 있고 우리도 갑자기 장애인으로 등록될 수 있다. 서류상으로 장애인으로 등록되지 않더라도 응급실에서 만난 사람들처럼 모두 마음의 장애를 안고 살아간다.

"나보다 잘난 사람이 많다. 라고 생각하며 사람들을 배려하고 마음의 욕심을 내려놓아라." 하고 말씀하신다.
나보다 배우지 못한 엄마에게 많은 것을 배우고 있다.

세상을 살아가다 힘든 일이 생기면 어른들에게 물어보는 것이 의사에게 상담하는 것보다 더 좋을 때가 있다. 그런 어른들도 노인이 된다.
눈이 안 보일 수도 귀가 안 들릴 수가 있고 걸음걸이가 불편해지고 말하는 것이 어눌해지고 점점 기억을 잃어버린다. 나이가 든다는 것은 장애가 가까워지는 것이다. 우리는 모두 결국 하나 이상의 장애를 갖게 될 것이다. 그렇게 생각하면 장애인에 대한 인식, 그들을 향한 시선이 달라질 것이다. 우리 모두가 편안하게 살아갈 수 있는 세상이 되기를 희망해본다.

오스카 시상식

배우 윤여정 씨가 오스카 시상식에서 영어로 능숙하게 소감을 말하는 모습은 인상적이었다. 한국영화 역사상 처음 있는 일이라고 했다. 아시아에서는 63년 만에 두 번째 수상이라고 하니 더욱 대단해 보였다. 나도 한 분야의 전문가가 되어 윤여정 배우처럼 여유롭게 인터뷰를 하는 상상을 해본다.

시상식에서 윤여정 씨의 모습도 대단했지만, 그보다 더 내 눈길을 끈 것은 시상식 사회자 옆에 서 있는 수어통역사였다. 우리나라에서는 볼 수 없는 장면이었다. 수상후보들과 관련된 작품들이 소개될 때마다 수어통역사가 함께 수어로 진행하고 있었다. 특히 수상후보자 중에 한 명이 청각장애인이었는데 수어통역사 한 분이 배치되어 시상식이 진행되는 내내 수상후보자에게 통역을 해주는 장면이 중간중간 보였다.

우리나라에도 역사와 규모를 자랑하는 영화제가 많지만 그런 시상식에서 청각장애인을 위한 수어통역사가 서 있는 모습을 본 적은 없다. 물론 청각장애인을 위한 한글 자막처리는 볼 수 있지만, 수어통역사가 실시간으로 함께 진행하는 시상식은 한 번도 없었다.

나는 장애인 관련 일을 하는 사람으로서 미국이라는 나라가 부러웠다.

한 명의 청각장애인을 위한 수어통역사 배치라니 소수자에 대한 배려가 무엇인지를 보여주는 것 같았다. 이런 세심함이 선진국의 지표구나 하는 생각을 했다.

100명의 집단 중 1명의 불편한 사람이 있다면 그를 위한 배려가 필요하다. 1명인데 그를 위해 이렇게까지 해야 하나가 아니라 1명도 소외되지 않아야 한다. 그들에게도 관심과 배려가 절실히 필요하다. 왜냐하면 나도 100명 중 1명이 될 수 있기 때문이다. 우리는 그 사실을 잊지 말아야 한다. 지금은 1명에 속하지 않기에 그렇게까지 할 필요가 없다고 생각하다가 내가 그 1명이 되었을 때 왜 그렇게 해주지 않는지 물어볼 수 있을까? 장애는 누구에게나 올 수 있다. 소수자를 배려하는 세상으로 바꾸려는 노력은 지금 당장 해야 한다.

"내가 죄인이다."

16년 동안 현장에서 장애인 자녀를 둔 부모에게서 가장 많이 들은 말이다.

언니의 장애는 나에게 인생의 목표를 바꾸고 장애인 전문가가 되게 했지만 어릴 때부터 쌓아온 우리 가족의 상처는 나 역시 마음에 장애를 지닌 장애인으로 만들었다. 청각장애인 딸을 낳은 친정엄마도 우리 형제들도 모두 죄인으로 살았다. 원치 않게 죄인이 되어버린 나는 장애인 언니가 가족의 구성원이라는 것을 부끄러워했다.

장애를 안고 있는 사람들은 정말 죄가 많은 것일까?
장애가 그 가족들의 잘못일까?

나는 이 책을 통해 사람들에게 어쩌면 단순한 질문을 하고
싶었다.

장애인 자녀를 낳아 기르는 일이 결코 당신의 죄가 아니다.
이제는 그들이 마음의 짐을 내려놓을 수 있도록 우리가 도와
야 할 때다.

지금껏 언니에게 미안함을 말하지 못한 나는 이제 한마디
를 남긴다.
언니 정말 미안해…….

내 언니는
청각장애인
입니다

초판 1쇄 발행 2022. 5. 11.
2쇄 발행 2023. 6. 1.

지은이 권재숙
펴낸이 김병호
펴낸곳 주식회사 바른북스

편집진행 황금주
디자인 양헌경

등록 2019년 4월 3일 제2019-000040호
주소 서울시 성동구 연무장5길 9-16, 301호 (성수동2가, 블루스톤타워)
대표전화 070-7857-9719 | **경영지원** 02-3409-9719 | **팩스** 070-7610-9820

•바른북스는 여러분의 다양한 아이디어와 원고 투고를 설레는 마음으로 기다리고 있습니다.

이메일 barunbooks21@naver.com | **원고투고** barunbooks21@naver.com
홈페이지 www.barunbooks.com | **공식 블로그** blog.naver.com/barunbooks7
공식 포스트 post.naver.com/barunbooks7 | **페이스북** facebook.com/barunbooks7

ⓒ 권재숙, 2022
ISBN 979-11-6545-725-9 03810